连岳　著

我和连岳一起成长 3

译林出版社

图书在版编目（CIP）数据

我和连岳一起成长. 3 / 连岳著. —南京：译林出版社，2023.9
ISBN 978-7-5447-9766-5

Ⅰ.①我… Ⅱ.①连… Ⅲ.①散文集－中国－当代 Ⅳ.①I267

中国国家版本馆CIP数据核字（2023）第087835号

我和连岳一起成长 3 连 岳／著

策　　划　郑燕平
责任编辑　李　蕊
校　　对　戴小娥
责任印制　闻媛媛

出版发行　译林出版社
地　　址　南京市湖南路1号A楼
邮　　箱　yilin@yilin.com
网　　址　www.yilin.com
市场热线　025-86633278
排　　版　南京展望文化发展有限公司
印　　刷　江苏凤凰通达印刷有限公司
开　　本　880毫米×1240毫米 1/32
印　　张　9.625
插　　页　2
版　　次　2023年9月第1版
印　　次　2023年9月第1次印刷
书　　号　ISBN 978-7-5447-9766-5
定　　价　65.00元

目 录

1 成长是解决问题的最好方式

人生更像缓慢地登山，暂时的低潮、不开心、没力气、被误解，凡此种种发生时，解决办法就是熬下去，继续走，不要停。

2 越能把握当下，意义越容易涌现

完成今天的作业，解决今天的问题，这是行动，也是意义，这是当下，也是一生。

4 我们为什么不爱自己的工作

对待工作最好的办法就是精通它，而不是不停地逃离它。

5 爱是什么

人的一生，就是改变的一生，为爱改变，是改变的最大动力。

6 不当教育里的野蛮人

和孩子一起学习，一起成长，积累与交流这种经验就是不可替代的教育资源。

1

成长是解决问题的最好方式

人生更像缓慢地登山，暂时的低潮、不开心、没力气、被误解，凡此种种发生时，解决办法就是熬下去，继续走，不要停。

改变是最难的，改变也是最容易的

我经常被自己的读者感动，他们是我的力量来源之一。比如这位姐姐：

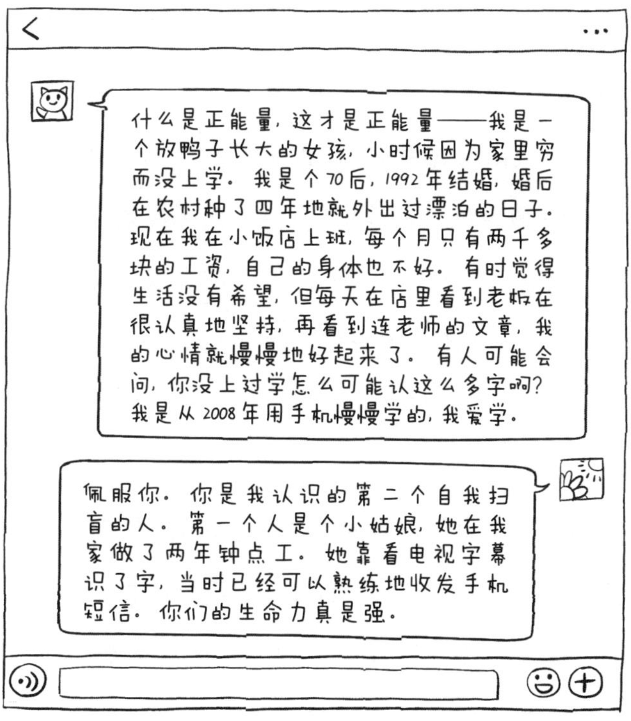

我说到的这个小姑娘，是我十多年前住在鼓浪屿时请的一个钟点工，跟我同姓，我和连太都相当喜欢她。她的命运并不是太好。她妈妈是乡村教师，义务教育如此普及，但这孩子竟然没上过学，在自己家里被嫌弃，被歧视。

她的生命力很顽强，是天生的乐观者，工作极认真，一点儿也不拘谨，在书房做事时，见我不忙，就会和我聊几句。有一幕我一直忘不了：她一边擦窗一边眺望大海，突然问我："哥哥啊，海那一边是不是美国？"

她说，识字不难，她看电视时，就盯着字幕，慢慢地，平时说的话就知道怎么写了。有一次，她和弟弟用手机短信辩论一件事，每写好一条，就给我看，让我提意见。我提不出意见，她表述得很准确。脱盲的过程她说得轻松，实际应该还是辛苦的。不然，就不会有那么多人改变不了自己的文盲处境——只要没上过学，就早早认了不识字的命。就像学识字一样，改变自己的处境很难，改变自己的处境也很容易，这一切，都取决于你想不想改变。

我和连太从非常年轻时就有一个共识，家务活尽量外包，所以我们接触过许多钟点工。有几个令我们佩服与敬重的，她们的共性就是永远对得起你的信任，做事永远不偷懒。做到这两点并不难，但能长期保持的人并不多。成为任何行业的佼佼者，都要坚持这两点。这种定力，并不是天生的，而是人长期自我教育、自我对话的结果，最后变成信仰。人在技术层面上，很容易被取代，家务活谁不会做呢？但出色的钟点工，却处于优势地位，很难被取代，不是雇主挑她，而是她挑雇主。

一个人想改变自己的命运，起点低一点，关系并不大，迅速抓住事物的本质，并坚守它，就可以胜过其他人。人与人的社会，信用是最有价值的纽带。你得到信任，更好的机会就会向你敞开，反之，机会就会关闭。什么样的人更容易得到信任？那些不利因素捆绑不了的，那些善于提升自己的，那些生命力旺盛的，那些乐观的。

如果你命运好、起点高，又有能力令人信任，那前进的速度当然更快。可惜的是，很多人处境一好，就以为一切都是自己该得的，就停滞了，不再珍惜别人的信任，也不想长本事，就像有的文盲安于自己不识字。人生要一直往前走，可以说很难，不能有致命的错误决定，又要持续做出正确的决定；但也可以说很容易，围绕着提升自己，围绕着获得他人信任，必然会持续做出正确的决定。当你想改变处境时，更多伴随着不安与焦虑。你走向不舒适的区域，面对未知，这个时候，悲观绝望最容易击败你，所以你要多看看那些改变了自己处境的人。无论是那些自我扫盲的人，还是做出了艰难决定的企业家，每一个角落，都有乐观的强者，他们才是主流，你应该成为他们中的一员。

成熟就是不争执不可争执之事

我不信风水，但我知道很多人信。根据越旧的东西生命力越强这条经验，还可以推断出，将来也会有很多人信风水。信与不信两类人，不太可能互相说服。如果他们没有因为这事吵到“友尽”，我想，还是能够愉快地合作的。你的老板虽痴迷风水，但是如果他给了你体面的报酬，估计你还是会喜欢他的，即使你是一个“科学小英雄”。

生活中的很多话题，可以永远争执下去。比如现代医学与传统医学，素食与荤食，各种宗教信仰，风水也是其中之一。对它们做一个大数据分析，结论就是，如果某一方过于执着地想改变另一方，即使他更正确，因果律站在他那一边，往往也不能增加他获胜的机率，只会搞得大家不开心而已。一个人成熟的标志，就是不争执不可争执之事。我现在就很成熟，如果你信风水，同我吃饭，你会很愉快。我很乐于听你说一些风水“常识”，看看你理解世界的方式；更重要的是，吃饭最应该做的事是尊重美食，而不是发现分歧，唾沫横飞。

但人为什么要追求正确呢？那是因为正确让自己生活得更好，更健康，更富有，更成功。比如在市场上，是不是所有人的判断都符合理性，遵守因果律？并不是，有时候，在一个很短暂的时间截面上，可能多数人都丧失了理性，会疯狂地高估低价值之物，也会疯狂地低估高价值之物，所以说短期内的市场表现像投票机，投错票的占多数，从而导致价值判断出现背离。此时，你若掌握因果，判断得出正确的价值，你的盈利机会就会出现。经过一段时间沉淀，短则半年一年，长则八年十年，规律总会站在你这边，给你利润。市场长期是称重器，说的就是这回事。人生其他事情，也是如此。要过得好，我们自己必须尽量趋近于正确，不被流行的偏见带走，也不让情绪模糊焦点。

我想，在极端情况下，比如有人用枪指着我的头，告诉我只能当风水大师，我也能当得好。风水是什么？是最原始的心理学而已，人们理解不了自己，希望得到一个说法，获得一种安慰。

一对夫妻爱吵架，喜欢指责对方，我会跟他们说，你们两个人命硬，硬碰硬，有灾殃，你们命中注定要以柔化刚。你看，砌地基的大石头，都很硬，还有棱角，直接堆在一起，房子建不起来。但若在它们的接缝处，先填满柔软的水泥砂浆，它们就能结合成坚固的整体。所以，你们家要长供柳枝。在碰撞之前，你们要先变柔软，指责对方之前，先夸对方十句话。

一个老板来求财，我知道诚实信用是财富之源，所以我会对他说，你是人上人，头顶没有遮挡，这是福也是祸，行好事更容易被看到，行坏事也更容易被看到。你是一举双得之命，举好事得双倍好事，举坏事得双倍坏事。为人求财就是为己求财，待人诚信则收获贵人。你的办公桌上要摆天平。

这些话当然有很多是胡扯，但是没有关系，这是他们的话语体系，是他们愿意理解并认真遵守的命令体系。他们照做，结果不会差，只不过，他们不会把原因归结于自己改变了方法。夫妻把尊重对方看得更重，关系容易改善；经商恪守诚信，更容易发财；他们更愿意认为是我这个风水大师了不起。

我的意思是，表面上的对错，并没有那么重要，不用非得吵个半死。你真的爱一个人，可以尝试用他的话语和他沟通，就像你会用婴儿能理解的方式逗婴儿。

犯错、受伤，都没关系，你拥有不只一生

到了一定年纪，你会发现，你拥有的不只一生。这不是宗教意义上的说法，而是现实的、日常的。

我们经历的一切，在永远向前的时间体系里，都属于过去，似乎像化石一样不可逆转。但随着你观念的转变、思维力的增加，你经历的一切都在重组，十八岁时发生的一件事，你可能在三十八岁才真正理解，到了四十八岁，你又发现新的理解角度。过去埋藏在地下的植物，挖出来时成了煤炭，成了你今天的炉火。

知道这点意义重大。

一是你会努力让自己活得健康，活得久。没有足够的时间，意义无法完全呈现。再厉害的天才，他理解自己，人们理解他，都不是一两天之功。对于普通人来说，人生更像缓慢地登山，力气、视野、格局一点点提升，最后看到了全景。暂时的低潮、不开心、没力气、被误解，凡此种种发生时，解决办法就是熬下去，继续走，

不要停。你站得更高了，原来的低就是小事；乐观了，原来的悲观就会消散。大力的你，可以扛起原来扛不起的重量。成长是解决问题的最好方式。

成长的基础是乐观，乐观是心理健康的重要标志。未来不确定，因为不确定，所以存在不同解释，乐观的人解释成为自己提供机会，悲观的人解释为给自己带来灾难。我见过太多悲观者匮乏时的痛苦，这可以理解；但丰盛时，难理解的事情发生了，他变得更痛苦，因为太害怕失去，他只会不停重复痛苦的调调。尼采曾为这种人开过药方，建议他们吞下一只蟾蜍，吃掉他们体内那只单调乏味嗡嗡嗡的苍蝇。

有了第一层的体验与认知后，第二层的意义自然随之而来，你会成为一个从容的、有定性的、不再恐惧的沟通者与教育者。

人在成长过程中，一定会犯错误，一定会受伤，就像你再不愿意孩子摔倒，他也一定会摔倒；没有人愿意失恋，但多数人都尝过失恋的滋味。这不是说要追求错误与伤害，而是说当错误与伤害发生时，不必害怕，它们可以转化为成长的资源。现在的教育界与心理学界，有股不好的风气，爱把人描述与塑造成玻璃人，受一点创伤就被夸大成会毁掉一生，搞得家长惶惶不可终日，用显微镜检查自己的言行——这已经是病态了。其实沟通有很大的主观成分，你没说错任何话，孩子由于接受的角度与感受不同，也可能受伤。就像我的任何一篇文章，都会有一些读者觉得被戳到了痛处，感到受伤，这是没有办法的事情。

在生活中，你尽力了，偶尔的一点失控，是正常的。骂了孩子几句，甚至忍无可忍，体罚了一下孩子，他长大后就会变成酒鬼，孤独的失意者，甚至是心理变态？孩子没那么脆弱。人如果那么脆弱，早就灭绝了。你爱你的孩子，你的主色调是温暖的，他过阵子就笑着抱你、吻你了。人这种进化王者，是善于在创伤后成长的动物。有些规矩，有些能力，也只能经历创伤后才知道。

犯点错、受点伤，都没关系的。以后若有人用所谓的无限创伤、无限悲观恐吓你，一笑置之即可，他们不过是要吞蟾蜍的人。切不可学那些悲观主义苍蝇，只会唱衰自己和世界，给他们蛋糕和给他们粪便，他们都只会有同样糟糕的感觉。

把握不变，才不容易被淘汰

我们害怕被淘汰，总觉得今天醒过来，时代列车就已经开走了。这是死亡恐惧的变形——跟不上变化了，与死无异。

适量的死亡恐惧，当然有好处，这提醒我们珍惜时光，精进技能。

但过量的死亡恐惧，就变成了坏事。我们的注意力全放在新的、变动的、时尚的事情上，它们中的99.99%是朝露，看起来很美，寿命却短。为它们损耗自己的专注力与精力，今天追这个风口，明天赶那个突破，我们自己就变成了露水。就像不久前的骗局——量子波动读书法，号称十分钟能读十万字的书。骗子固然可恶，可是只要是认真读过一本书的人，怎么会上当？哪怕骗子打出了“量子”这么时髦的科学名词，你也不会被唬住，你知道阅读的本质就是缓慢的、艰难的，这点从来没变过。

若害怕被淘汰，反而应该关注那些不变的东西。比如阅读，需要专注、耐心，以及善于消化书籍的营养，这是从有书籍以来就不变的。有这不变，你就能够应付万变，那些层出不穷的阅读速成法，就忽悠不了你。任何事情，都有其不变，有时候形态剧变，本质也永远不变。你看零售业的形态，这二十年变化多大。从石器时代变到了火箭时代，但“物美价廉，诚信经营”的本质没变，无论是买卫生纸，还是买保时捷，消费者永远希望品质好一点，价格低一点。守住这不变，形态万变你也不怕。

昨天有位读者的留言很有代表性：

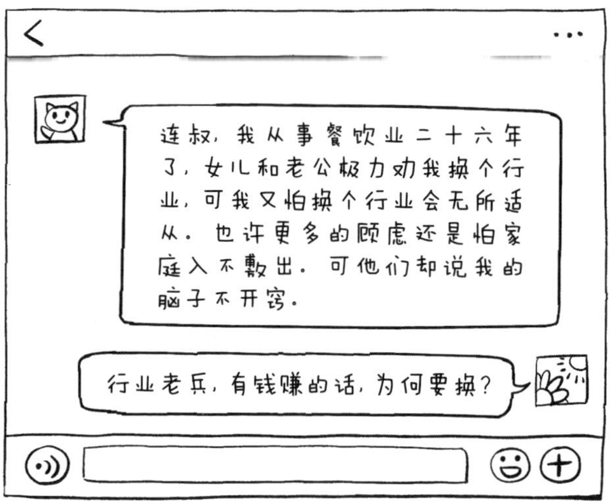

餐饮业，可能是最坏的行业，可能也是最好的行业。坏在它的淘汰率很高，能否存活全看食客；好在它的门槛低，试错成本

小；更好的是，人永远都得吃饭。一个人能在餐饮业立足，那真是要又能赚钱又不怕被淘汰。你看你身边的老字号，几十年，上百年，就卖那些食品。什么“互联网+”、P2P、区块链、量子力学，浮云而已，不管时代潮流怎么变，食客也照样得在他店里老实排队。多么好的行业。餐饮业当然辛苦，再大的老板，都得早起严把进货关；就算身患痛风加“三高”，也得天天试新菜。

太多人追求变化，是为了所谓的“不辛苦”，这就是追求淘汰。古往今来的所有骗局，不变的就是抓住人性的这个弱点，许诺你“不辛苦”的成功，只要你交钱，十分钟可读十万字。你一年至少会碰上一百次这种骗局，我这里都三天两头有人来忽悠，说写文章既辛苦又不赚钱，要让我轻松发大财。人要有定力，把手头的活儿做好，即便这很辛苦。无法偷懒的活儿其实是最好的，因为辛苦把太多竞争者挡住了。

和恐惧共生

人做决定时，都会体验到恐惧，程度不同而已。发表观点，选择工作与城市，买车买房，都暗藏着可能的损失。决定越重大，恐惧感越强。

恐惧感令人厌烦，它总是暗示不好的事情将会发生。为了逃避这种恐惧感，有人不敢做决定，试图做一些没有任何风险的事，以避免选择。他说话，要所有人喜欢；他买东西，要买到最低价；他从事的工作，要无压力，有前途。孩子们一般这么想问题，我们面对问题时最初的冲动也是如此。我们的内核与激情，都是孩子，只是在外面包裹上一层层成人的理智，最后能够控制这激情，留下好的、乐观的、温暖的激情，消解掉坏的、悲观的、毁灭的激情，从而达到情感与理智的统一。

被批评，被拒绝，有风险，有未知，这都是人的情感不愿意接受的，孩子遇见这种状况，往往拉长一张脸，甚至会哭出来。但你的理智要知道，只要我们做一个决定，就必然会面对这些令人厌恶的因素，当你的理智推断出一个决定的成功率高时，你就得告诉你的情感，接受它。如果你看了2019年版的《决战中途岛》，对这点应该深有感触，指挥官难就难在做决定，做决定时就得有承担失败后果的准备。我个人更喜欢1976年版的，这版的感官震撼和新版比当然差很多，但它着重叙述了决策过程，那是一种智力上的惊心动魄。

我们的个人生活，不是战争，但决策过程是一样的，做完决定，就应该全力以赴，用足你的勇气。就像巴顿将军在战前动员时说的："没错，第一次上战场，每个人都会胆怯。如果有人说他不害怕，那是撒谎。有的人胆小，但这并不妨碍他们像勇士一样战斗，因为如果其他同样胆怯的战友在那奋勇作战，而他们袖手旁观的话，他们将无地自容。"

勇气不是天赋，是选择。没错，你面对生活中的每一次重大选择时都会胆怯，但为了你的家人，为了你的孩子，你得像勇士一样战斗，坚信你能把生活经营好——这坚信能大大提高你的成功率，就像一个勇敢的飞行员更有可能炸坏日军的航母。

所有的东西你都想通了，但你还害怕，这时候就得告诉自己：做就是了！

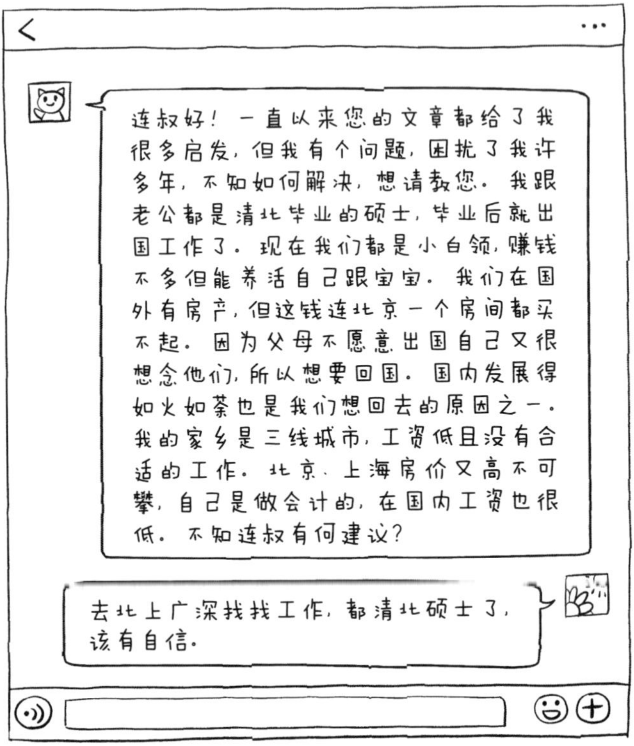

这位朋友很聪明，未来的发展方向也看得明白，更不是没有行动力的人，但是也会恐惧。所以恐惧这种东西，并不是有足够好的教育，足够多的本事，就会自然而然消失的。当恐惧感出现时，你告诉自己，所有人都恐惧，情况将会好很多。

那些最后活得好的人，都学会了和恐惧共生，顺应规律，尽力而为，其他的则交给命运。只要我做好我的事，命运也会做好它的事。

人有天生技能，可治疗痛苦、抑郁与绝望

人活着，有很多的“有限”，无论你怎么努力，似乎都突破不了它。

你的寿命有限。健康饮食，经常锻炼，再加上基因强大，有这三星高照，也不过是增加寿命，而不能战胜死亡。

你的财富有限。芸芸众生，更是终身只为了一宿与三餐奔忙。就像现在的中国人，你做到有房有车，家人生活体面，在百分制里，能拿八十分，就已经很了不起了。

你的能力更是有限。就算你智商高，爱学习，最后也只是发现了自己更多的无知。这个求知悖论，苏格拉底早就发现了。只有不求知的笨蛋，才会自以为聪明。

种种有限令人痛苦，甚至是很多心理疾病的根源。一切努力最后都要消失，一切努力所得都这么少，一生供一套房子就结束了，卑微、无力、无价值，怎能不让人抑郁与绝望？如果只从这

个角度看问题，技术再发达，人都得不到满足与快乐，给你十套房子，你也很快会不开心，毕竟，也值不了很多钱。

那怎么办？只能想办法突破这些有限，这是一个必须接受的挑战。我们一定有“行到水穷处”的窘境，只想着水，难免大失所望，可是换个眼光，这里也便是“坐看云起时”的好地方，于是得到大自在。

这种状态并非只是中国诗人的写意，它可以是专业人士得出的方法论。下面这句话，医生可能都知道：

> 有时去治愈；常常去帮助；总是去安慰。
>
> ——特鲁多医生墓志铭

爱德华·特鲁多医生，曾经是个极“有限”的人。按1873年的医学技术，二十五岁的他，还是医学生时，就被确诊患了不治之症——肺结核。他搬到偏僻的湖边居住，静候死亡到来，心态倒也放松，不时散散步，打打猎。过了一段时间，他发现身体竟然好转了，进而完成了自己的博士学业。他由此建立了美国第一家专门的结核病疗养院，让病人在空气清新的自然环境里休息静养，以治疗结核病。他也成为第一个分离出结核病菌的人。他的头像还上了邮票，人们感谢他做出的贡献。

医生，尤其是得过绝症的医生，更能理解医学的有限性。战胜了一种绝症，可能又出现两种绝症，再高明的医生，也永远处于窘境中。但是，一个再普通的人，也具有安慰能力，一个柔弱的、还在牙牙学语的孩子，他的一个全身心的拥抱，也能融化一个巨人。

基努·里维斯曾被问道："我们死后会发生什么？"

他答道："我深信不疑，那些爱我们的人会想念我们。"

这就是从安慰的角度思考问题，任何技术都无法阻止死亡，但有人想念我们，我们就不那么害怕死亡，我们想念心爱之人，他们也就战胜了死亡。这不是技术，这是人性之善，天生的品质。只是有人走着走着就忘了，变得无法感知他人的善意，将他人的善意理解为软弱、傻、可以欺负，从而不知好歹，得寸进尺，变得更恶。

我们要保护善意，才能突破有限，我们要有感知并吸纳他人善意的能力，更要有回报并传递善意的能力，这就是所谓的"总是去安慰"。做一个这样的人，先从安慰自己爱的人开始，总是拥抱他们，总是想念他们。

会倾听的人才会有成长

有人问:“我不怎么会说话, 怎么开展社交? 怎么和人打交道?”

我说:“你这是拿着金饭碗讨饭吃。”

人是社交动物, 社交需要沟通。沟通当然需要说话, 因此, 伶牙俐齿, 风趣幽默, 滔滔不绝, 这些“会说话”理所当然被视为沟通的最好才能, 没有的话, 就会焦虑, 以为自己无法社交。

其实, 社交有两面, 一是说, 一是听, 没有听就没有说。社交缺的不是说, 更多时候缺的是耳朵。定义广一点, 人类的一切沟通都是社交, 出现障碍的社交基本不是不会说, 而是不会听。善于倾听的人, 就是别人不说, 只观察细微的肢体动作、瞬间的神情变化, 也能“听”到别人的声音。高度默契的两个人, 对一下眼神, 就交换了海量信息, 这是多少G的传输速度? 不止5G, 至少50G。

善于听，比起善于说，是社交时更需要的技能。当然，不善说话不等于善于倾听，倾听也需要训练。孩子上课不许说话，但他们是不是一定能专心听课？未必。但你不会说话，有个变劣势为优势的机会，你不需要克制自己说话的冲动。

太爱说话，反而会造成沟通失灵。我有个朋友，年轻时就得到绰号“砍头者”。一堆人聊天，任何一个话题，任何一个人说到第二句，他就会把别人的话头砍断，开始他的叙述，为了防止他的话头被人抢回，他的话语密不透风。到了后来，为了保证沟通正常进行，坐在他左右的两人，不得不同时摁住他的双臂，仿佛警察抓捕逃犯，恳求他让人把话说完。他大概能安静几分钟，然后开始下一轮“砍头”。

这例子表面上极端，但本质上却普遍。沟通往往是为了说，就是不砍别人的话头，自然顺承，人也多是接着别人的话头说自己的事。倾听者少，好的倾听者少之又少。训练倾听能力，第一步是克制自己太爱说话的冲动。

好的倾听者，第一步应该像面镜子，完整而清晰地反映所照之物，没有自己的冲动与成见。你观察，你顺应他人与他物的逻辑，在这过程中，完成高效的沟通。我常建议读者，当你迷惑、困扰与痛苦时，拿起笔，把你想的一切都写下来，把它们理顺。你写完的同时，答案往往就有了，这是你自己在倾听自己。但通常情况下，你总是没有专心听真实的自己在说些什么，总是用琐碎的、即兴的、不负责任的妄念砍掉自己内心的话头。倾听训练先从倾听自己开始。

时隔多年再见那位“砍头者”朋友，他变得有倾听能力了。我很吃惊，问他发生了什么。他说，老抢话，自以为是，说了很多错话，其实内心也一直很辛苦，但就是改不了。直到有一天，突然看到“戒定慧”三个字——原来看了几千遍，习以为常，那天却有了触动——下定决心，先戒抢话的习惯，只许自己在一定时间内说若干句话。开始时如坐针毡，很快，也就习惯了。这种精讲本杰明·富兰克林也体验过。他的十三种美德，第一是节制，第二是缄默，节制你太爱表达的冲动，就能够缄默地等候事情的全貌呈现。

倾听能力的提升，带来的是判断力的提升，从戒到慧。就像一个热点事件发生后，你要表达观点，这没问题，也应该。但在这之前，先要做的反而是节制，是戒，尽可能多地得到信息。

基本事实都不知道，基本观念都没理清，逻辑缺陷一大堆，你就有了结论，开始大批判。那是“砍头者”的行为，你只是在强化你自己固有的偏见，你只是在抒情，没什么智慧含量。我们应该避免成为这种人，人的成长体现为挣脱这种低幼状态。否则，看个新闻标题，人家带带节奏，就把自己的脑袋交出去，一直做如此低效的沟通者，那不过是在浪费自己的人生。

延缓术，重要的情商技术

人在情绪激动时，容易说错话，做错事。此时做的决定，事后往往会后悔，要花很多精力弥补，甚至永远弥补不了。

这可以说是常识，但人又极其容易违背这个常识，偏偏要在情绪激动时做决定。这和大脑处理信息的流程有关系。信息先引发我们的情绪，再进入理智处理的区域，如果信息被情绪吞噬、撕扯得精光，理智就起不到任何作用，巧妇难为无米之炊。

信息引发的情绪越是激烈，到达理智区域的可能性就越低。那时我们只剩下最本能的“战斗–逃跑”反应，像低等动物一样——瞬间反应能赢，就战斗；否则，就逃跑。人如果只处于这个阶段，即使穿着衣服，也属于低等的乌合之众，太多假的、无价值的、有意误导的信息能够激起战斗激情。这样的人生，当然毫无乐趣，也会给身边的人带去灾难，尤其是家人。他们一再原谅你，很难放弃你，是最大的受害者。最惨的是孩子，他们即使不原谅你，也在很长时间内离不开你。

激情有个特点，来得快，去得快，无法持久。只要熬过一段时间的冲击，理智就可占上风。在激情中“延缓”的能力，即让自己慢下来，就是一个很重要的情商技术。

美国著名心理学家艾瑞克森·米尔顿，有一次在法庭上完美诠释了延缓技术。他发现辩方律师一番情绪饱满的演讲已有打动陪审团的迹象，便以一些要点没有听清为由，请求法庭的书记员复述一遍记录。书记员那程序式的、干巴巴的语调与语速，将辩方律师带来的情绪全部消解，使陪审团重新专注于事实。

这两种表述的差异，你也可以测试一下。找一首你最喜欢的歌，那种你一听就动情的歌，剥夺其旋律，朗读其歌词，你会发现感觉变怪了。这句语法不通，那句逻辑错误，有些矫情的句子还要我重复四遍，真难为情。这就是情绪与理智的区别，能调动你情绪的，可能会被你的理智唾弃。

延缓技术有几种，最常见的是书写。把你脑子里激情的诉说写下来，这就像抄歌词一样，速度变慢，没有旋律，情绪也会跟着降温。

即便在很多情况下，你无法马上坐下书写，也可以在脑子里，用更不擅长的那种语言说，或是方言，或是第二语言，然后再把它翻译出来。这也能大大降速，踩一下刹车，危险往往就过去了。

有种最直白、最无技术含量的技巧人人可用，就是直接说：我现在心情不好，无法继续讨论，我们另外约个时间再说这事。

激情常有，我们也能充分意识到它的到来，有提醒自己延缓一下的想法，控制它的成功率就会高很多。只要有这想法，你就能发展出独特的延缓术。毕竟，你的理智很高明，只要它反应过来，就有大把方法对付激烈的情绪。

走出选择困难，“布里丹之驴”扔硬币

几乎每天，都有读者朋友无法做出选择，我常建议他们扔硬币。这当然不是不负责任的建议，扔硬币是应对“布里丹之驴”困局的最好办法。

“布里丹之驴”是著名的哲学寓言：如果有两堆一模一样的干草，一头驴到两堆干草的距离完全相同，它就会无法选择，最后被活活饿死。

你真的设置一个这样的实验，却饿不死任何一头驴，驴一定会随机走向一堆干草，饱餐一顿。驴没有选择困难，它比寓言中聪明得多。有选择困难的是人，“蠢驴”这个词是用来骂人的，不是用来骂驴的。

人面对的大多数选择，都是在两堆一模一样的干草中选一堆，半斤八两的事比比皆是，很多争执与遗憾也由此而起。“早餐你想吃包子还是馒头？”“随便！”“你总是随便随便！能不能有点主意！”——一天的不愉快就这么开始了。这是两头布里丹之驴逼对方做选择，结果双方都选择了生气。

面对“布里丹之驴”困局，你只要记住一点：任何选择都是对的。既可展示你的坚定，又不会有任何不良后果。这本是轻松愉快的事情，搞成痛苦不堪的选择困局，那是因为人有两个弱点：一是不想付出成本，选择就得付出机会成本，放弃其他可能，不付出成本的选择不存在；二是损失厌恶，吃完两个包子，对包子的渴望满足了，就想着馒头的好，越想越觉得馒头比包子好，从而后悔自己当初选择了包子。改变一下心态，选择了包子，就好好享受它，赞美它给你带来的满足。

林中分岔的两条小径，任何一条上都有美景，欣赏你走的那条路就好。如果你总想着另外一条路更美，满脑子懊悔，就会错过这条路上的美景。在这种思维模式之下，无论世界如何厚待你，给你再多美景，你都会像驴一样糟蹋掉。

任何一条路，都会有困难。人就是在困难中长进的，这就是所谓的“干中学”模式，你不是用已有的知识，而是用你的学习能力应对一切。大学学什么专业并不重要，你在其中得到的学习能力才重要。强大的学习能力意味着你将不怕学习任何一个新专业。遇到困难是常态，不要一遇到困难就以为另外一条路没有困难。和老公一吵架就以为前男友更好，前男友成为你老公，你们照样会吵架。

人经不起太多的摇摆，一下学诗，一下学剑，学诗的时候想学剑，学剑的时候想修仙，永远都处于“布里丹之驴困局”中，除了把时间浪费在选择干草上，一无所成。说起来，是都懂点皮毛的“斜杠”人物，做起来，是样样不行的麻烦人物，混完一生，就得一句口头禅：早知道……

选择了就不后悔，把手头的事情做好。手头的任何事，再琐碎，都有学问。同样吃早餐，有人吃得生气，有人吃得更幸福；同样等红灯，有人骂娘，有人深呼吸；同样都得从基层做起，有人能展示职业精神，得到更重要的机会，有人却老以为自己屈才，不甘不愿地磨洋工，结果更没人愿意选择你。

我们是人，不是驴，不仅能选择，还能把事情做好。这赋予选择以意义，让你当初随机的选择都显得特别正确。不是你做了更好的选择，而是你能够让自己的选择更好。你选择当官，人家认为你是天生的好官员；你选择经商，人家认为你是天生的好商人。

不怕命运随便打发，我有活得好的方法

人的成长资源在自己身上，当然，与此相对应，人的自毁因素也在自己身上。所谓的成长，就是把前者变多变大，把后者变少变小。

在报道重庆“棒棒”冉光辉的新闻中，有个细节你可能注意到了：在其他“棒棒”打牌时，他从不参与，只是看看热闹。这里所说的打牌，如你所知，都会赌点钱。正像有位朋友观察到的那样：“我毕业后在重庆朝天门批发市场创业做批发，每天接触无数的‘棒棒’大叔，非常有感触。每天夜色来临的时候，有的‘棒棒’大叔就躺在路边的货上睡觉，有的就聚集起来斗地主，把一天的辛苦钱输掉。”

同样是“棒棒”，条件相当，但行为模式分成两种，赌与不赌。赌就是消耗资源的毁灭模式，输了，一天白干，输红眼，借钱翻本，有可能明天也得白干；赢了，觉得这样钱才来得快，厌倦自己的工作，对工作失去敬畏与热爱，最后一定体现为工作质量变差。

不赌的人，就在于看到了赌的负和本质（所有参与者，最后处境都变坏）。有这时间，不如用来休息，攒下的钱，把房贷还了（房贷某种程度上相当于强制储蓄）。这种成长模式，让“棒棒”冉光辉在重庆最好的地段解放碑买了房子。据重庆读者介绍，这个地段的房子，冉光辉2016年买入后，房价翻了至少一番。这就是人生的复利增长，你攒下的能量——主要体现方式是钱——开始其自身的增值。这样年纪越大，你越不慌张。

有些成功，不可复制。比如有人中了彩票头奖，他保持同样的虔诚，同样的选号方法，也无法再复制一个头奖。你也无法复制马云的成功，然后像买白菜一样买房子。人身上没有这些成长资源，它更多地来自外在的、不可控的机缘巧合。

冉光辉这样的成功，可以复制，这是其最大价值。他的靠谱、勤奋、顾家、不赌，勇于改善家人处境，这些都可以移植到任何一个人身上。你即使在这方面的天赋少一些，也可以通过学习与自律得到。有了这个成长资源，你不必是颠覆世界的天才，不需要高大上的工作，最普通、最基础的工作，都可让你开启复利增长。

任何一个抱怨者，敢说人生给自己的牌比给冉光辉的差吗？抱怨和赌博一样，都属于即时满足，它们消耗掉资源，只是让你当下舒服。一个人的处境越困窘，精神越焦虑，这些自毁行为的吸引力就越大。总觉得，我再自律所得也不多，何必呢，不如放纵赌一把来得爽。

你年轻时，得到的知识，有限；储蓄的钱，更少。但是，这知识这钱，都只是副产品，你得到的主产品，是“自律”这个成长系统，它很值钱，你一生的价值都产生于它。就像那个著名的延迟满足测试，一个能忍十五分钟不吃眼前蛋糕的孩子，可以多得一块蛋糕，得出的结论并非这孩子的人生只多得这一块蛋糕，而是他的系统更好，可多得一个好人生。这样的孩子，就算命运随便打发他去重庆当“棒棒”，他也能成为偶像。

把人生用在正当的地方

我们拥有的一切，都是有限的，时间、精力、金钱、情感。

而外界向我们索取的，却是无限的，再富的人，不加选择地施舍，也会很快耗尽财产。

多数人在人生开局，拥有的资源是差不多的，尤其是时间，更是平等，大家活个平均寿命而已，但最后的差距却有可能很大。人与人之间的距离是世界上最远的距离。其中原因，就在于每个人分配自己资源的水平不同，其中最核心的、最基本的就是分配时间资源，时间资源分配得好，产出就高，所得就多。

达尔文好像说过一句话：浪费时间的人不理解进化论。这句话即使不是他说的，我也觉得特别好。进化怎么能够浪费最宝贵的资源？

但是，我们可能完全不知道自己有没有浪费时间。因为我们可能不知道自己做的事情是否重要。存在这种现象：一个非常勤奋的人，因为做的是一件错误的事，他越勤奋，浪费的时间就越多。

安德鲁·卡耐基刚进入钢铁业时，发现了一个奇怪的现象：他的同行们完全凭感觉猜测自己今年是否能够赚钱，有些以为能赚钱的，最后亏了，有些以为亏本的，却赚了。于是他要求每道工序都测算成本，在业内第一次高薪聘请化学家精确算出原料比例，这些举动都不被同行理解。钢铁厂聘请的化学家，整日躲在实验室里还拿高薪，更被视为荒唐的浪费。结果却是，别人不要的贫矿，卡耐基却知道是富矿，别人浪费的资源，给卡耐基创造了丰厚的利润。这又让他有扩大生产规模的实力。生产力从量到质，都碾压同行。最终卡耐基成了钢铁大王。

一个行业的王者，并不是最早进入的人，而是进化得最快的人。

卡耐基的成本控制、科学测算，对现代工业来说，是必须有的常识。但对于我们具体的生活来说，这还是很难实现的，甚至很多人都没有这个意识。做的事，是对是错？即使对，对多少？值不值得投入？有人靠猜，有人靠吹。同样的事情，会有完全不同的判断。一个男人不养家，天天喝喝酒，吹吹牛，他在哪里，人家都瞧不起。但是同样的行为，灌完大酒，吹牛的内容如果换成了社会良心、民主自由，寄生虫却能自我感动起来，以为喝醉都是为了苍生。

人是非常容易自我欺骗的，自我欺骗的人又偏爱大话题，因为无须成本控制，也无考核标准，全凭我说了算。存心当骗子混饭吃的人，不在我们的讨论范畴。一个有点责任心的人，一个正经人，得警惕大话题，为防止掉入这个大坑。我们得格外尊重那些能日复一日把小事做好的人，就像下面这位妻子：

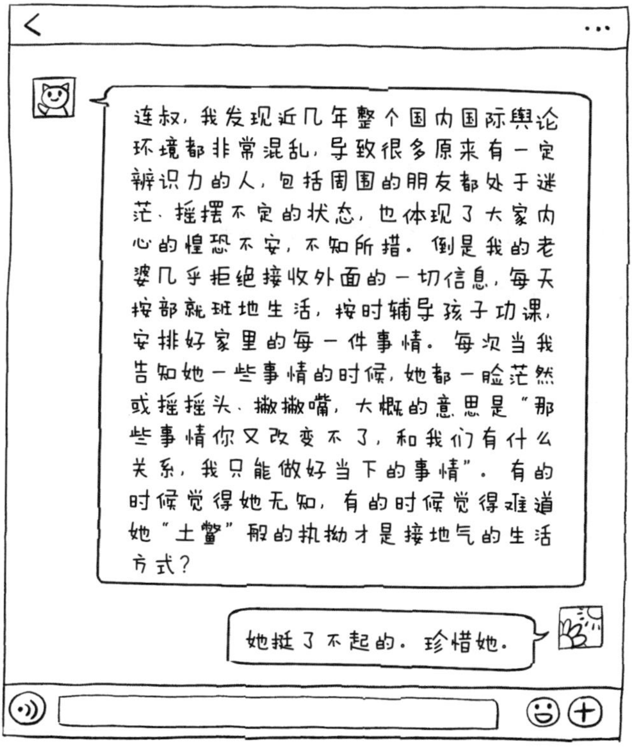

无论世界怎么变，我们的立足点都应是些坚实的小事。回首这次中国防疫，仿佛经历了“世界大战”，是一件巨大的事，但在这个过程中，正常人做的，也仍然是努力工作，照顾好家人，安慰恐惧与悲伤的人，赞美一线的防疫勇士。做好这些小事，即能保障正常生活，给人带来安定、温暖和希望，就像卡耐基伟大工厂里的每道工序都在产生利润，汇总起来，就是中国人度过疫情危机的大工程。

理念之争，可以吵个没完，争几百年上千年，往往就变成意气之争，堕落成流氓骂街；而人只有短短的一生，浪费不起。那些能把小事做好的人，能照顾好自己家庭的人，才是把人生用在了正当的地方。先做好这件小事吧，像上文那个妻子一样，任你八风吹，我只坚定地把家人照顾好。

人之长尾

之前说到过，人性是正态分布的，不好不坏的人占多数。

正态分布是个很有用的概念，画成图就是钟形曲线，类似“几”字形。当我们知道某事的绝大多数的状态时，判断才准确。

钟形曲线有两种，一种是两边封口，比如人的身高，不可能低于零米，也不可能高于三米。另一种是两边不封口，极端事例虽然极少，但无限延伸，这叫作长尾正态分布。理解这种分布形态，在认知中更为重要。

人性就是长尾正态分布，多数人不好不坏，可好可坏，好坏杂糅。在好环境里，富足状态下，他更容易变好；在坏环境里，匮乏状态下，他更容易变坏。但有人纯粹地坏，只能从伤害毁灭他人中得到快乐；有人又纯粹地好，把他扔到任何环境，他都像天使一样。

长尾正态分布，还可以证明我们应该对人类的未来报以乐观。是不是很神奇?

证明过程是这样的:

一、人类社会是知识驱动的,有了新知识,就有新产品。

二、人类的智力呈长尾正态分布,永远存在极少数极其聪明的人,他们在最前沿学习、思考、创造,他们得到新知识。

三、绝大多数人具有学习能力,新知识很快可以普及。比如只有天才才能发明轮子,但学习制造轮子并不难。如果没有图灵,人类可能现在也没有电脑,但只要有了他,电脑就成了最常用的工具。人类可以凭借天才的发现,迅速实现整体的跃升。

未来永远都有新难题。这是事实,有人因此悲观。但是更要知道,这些难题人类可以解决,因为智力的长尾上有天才。就像防治新冠肺炎是新难题,但你知道科学家一定可以找到疫苗和药物。

当新问题出现,即使你没有办法,也不要惊慌失措,最好的应对是镇定地等候。

曾有个哲学家被国王判处死刑。他请求缓刑,再给他两年时间。

国王问他理由。他说:“我有奇能,两年内可教会陛下的爱马说话。”

国王于是准了。

哲学家的好友不解，问他："你虽然是伟大的哲学家，也不可能让马说话啊。"

哲学家说："重点不在这里，重点在两年时间里存在很多可能：国王可能死了，我可能死了，国王可能改变主意了，我可能逃跑了，还有，马可能真会说话了。"

现在的难题，两年后都不是什么事，两年后，人们甚至都不太记得这次疫情了。任何难题出现时，只要坚持住，都有办法。人类作为一个整体，是极其聪明的，智力有无限长尾，没有什么问题解决不了。

悲观才是最大的问题，永远不要悲观。

猎豹思维与羚羊思维

科比曾谈过如何教育女儿，我觉得很有价值。

他对女儿说："你要当猎豹，不要当羚羊。"

女儿说："我想当羚羊。"——可能更多的小朋友，尤其是小姑娘，更喜欢羚羊，它们温柔、美丽、惹人怜爱。

科比说："那好吧，不过，我希望你当那只跑得最快的羚羊。"

作为一名好胜的杰出球员，科比知道世界的本质是优胜劣汰，适者生存，他也有勇气接受这点。这是理性的。它唯一的缺点就是不好听，显得太冷酷，所以聪明一点的人，都不太愿意直接说出这个观点，以避免受到攻击。他们自己一定会按这个原则行事，无论命运安排他们当猎豹还是当羚羊，他们都尽力跑到最快，跑得最快的猎豹才能抓住羚羊，跑得最快的羚羊猎豹才抓不住。

更多人的思维是感性的，受不了羚羊被捕食的场景，尤其是这个场景有特写，慢放，展示丰富的细节，再加上悲情的背景音乐，他们就认为猎豹是邪恶的，无法接受。

一个人成长的过程，一个人慢慢了解世界的本质，就是从感性走到理性的过程，并在它们之间取得平衡。没有感性，人是机器，没有理性，人是低等动物，这都不会有幸福的生活。

感性与理性的平衡，更多地体现为抑制感性，因为人不缺感性。人对信息的第一反应就是感性，理性的思考链条长一点，辛苦一点，理性反而需要激发。

羚羊被猎豹吃掉很可怜，没有一只羚羊应该被猎豹吃掉，这是感性。如果这样的话，那么猎豹全得饿死，很可怜，这个推理就是理性。感性与理性平衡的结论是：我们不应该擅自打破这个生存竞争，跑得最慢的羚羊被跑得最快的猎豹吃掉，这是自然运转的正常现象。虽然我们看了会于心不忍，但它是正常的，无解的，我们只能接受。

人每天也在接受挑战，我们也像猎豹一样辛苦，像羚羊一样无助。我们做的一切努力，都是为了在这挑战中生存。我们锻炼，控制体形，那是因为我们知道，疾病时时在攻击免疫系统，如果身体太虚弱，一次轻微的感冒就能夺走我们的生命。我们努力工作、储蓄、维持现金流、理性投资，那是因为我们知道，经济上可能会有黑天鹅效应，发生出乎意料地剧烈波动，财务不健康的人，在那个时刻就会破产。

有人说得好，我愿意去同情那些失败者，虽然这同情也没什么用，只是让我自己感觉好些，可是，我绝对不允许自己沦为被同情的人。这想法挺好，同情别人不是为了换取对自己的同情，对自己严厉一点，别那么多愁善感，尽力跑快一点就是了。

避开低欲望陷阱

欲望，听起来不是个好词。但是，从饮食男女，到功成名就，都是欲望在驱动，它是人天生的动力。在满足欲望的过程中，人生目标得以逐一实现。

满足自己的欲望，当然是以不伤人为前提的。比如追求爱情，本质是满足自己性的欲望，但是没有取得对方同意，你却硬要，那就变成了犯罪。这点本来是不言自明的，但是理解力太弱，或者太喜欢抬杠，可能就会曲解：你说欲望是好事？那我就可以纵欲乱来。

当然，生活无法抬杠，我倒并不担心有人以欲望之名做错事，那样他会受惩罚，也会长记性。我担心的反而是低欲望，人一旦掉入这个陷阱，活力就会丧失。

在生产力低下时，人反而不容易低欲望，那时候的挑战是最极端的，你要满足最基础的生存欲望，死亡的威胁让人时时警醒，不敢放松。生产力发达的当下，热量变得非常廉价，低欲望才成为可能，生存变成一个无须努力就可完成的任务，只是马马虎虎地混着，甚至只靠社会或亲友救济，都不会死掉。同时还有廉价的方式满足大脑，无穷供给的娱乐节目、游戏、糖和酒精。其他的，需要努力才能满足的欲望，意志薄弱的人，就放弃了。

求知的欲望？那需要长期的、艰难的学习与训练。假设与反驳？算了，让我思考不如让我死掉。

体面生活的欲望？好东西都那么贵，尤其是房子，我得还几十年的贷款，那么辛苦做什么？租间房子，自由自在不好吗？钱少，我就租差一点的，总有地方住。

爱情的欲望？要有那么多的陪伴、试探与伤心，想想都累。而且人们都太势利了，只看得到我穷，我没有房子，看不到我高贵的灵魂、自由的精神，不愿意和我过苦日子。爱情不是面包，没了也能活，一个人挺好。

取得成就的欲望？竞争太惨烈了，我的对手们都太拼，毫无人性，根本不在乎生活的乐趣，我才不愿意和他们一样，让给他们好了。

就这样，你在任何需要稍微用点力的地方，全放弃了，变成一个低欲望的人。别人还不能小瞧你，不然就是给你制造焦虑，就是不尊重自由选择。一个家庭出几个这样的人，那这个家庭就没有希望了。这样的人多了，群体就失去了前进的动力，整个国家都会陷入危机。

欲望会给人制造许多问题，不解决这些问题，欲望就无法满足。正如你解决了一个疑问，满足了自己的求知欲。写一篇千字文，或许耗费你几天时间。“两句三年得，一吟双泪流”，满足创作欲，痛苦的成本不低。而物质的欲望，更客观，更刚性，更难取巧，无一不伴随着焦虑与压力。没有焦虑与压力，去制造，那是不必要的自虐。该有的焦虑与压力，不承受，不承认，那就变成自欺了。

而自欺者，一定会掉入低欲望陷阱。还要求别人欺骗你，说你的好话，满足你的幻觉。这点欲望陌生人倒是会满足你。不过，你的家人，做起来就痛苦了。

欲望就是生命力，人生的任何阶段，都有其主要欲望。永远听从过得更好的欲望，想办法满足它，这样一个人的知识与力量，才会进入无穷增长的状态。

心理大师老子

随着真心理学与假心理学的普及,“和解”一词听到得越来越多。

有假心理学？当然有，它比真心理学多得多。它的一大标志就是宣称“包治百心病”，实际结果往往是让人更偏执，更对立，更痛苦，更不能和解。

没有纯粹健康的人，任何一个人去做精细检查，生理与心理多少都会有点毛病。检查得越仔细，查出的毛病就越多。只是这些毛病并没有影响我们的生活，并不需要治疗，甚至不需要知道它。一个人揪住细枝末节不放，那他一定找得到自己“有病”的证据，陷入恐慌与怨恨当中。

我一直觉得，关于和解的最好解释，是老子《道德经》里的一段话。牵强附会一点，也可以说老子是了不起的心理学家。

这段话的前一半是:“是以圣人常善救人，故无弃人；常善救物，故无弃物，是谓袭明。”“弃人”与“弃物”，是让我们不愉快的人与事，包括那些似乎伤害了我们的人与事。对于真正聪明的人来说，不存在这些人与事。

“袭”的意思是“大”，“袭明”就是大聪明、大智慧。袭明的圣人并非生活在别的时空，里面只有明，没有暗，只有健康，没有疾病。他们与常人一样，有暗有病，要面对弃人弃物，童年有阴影，原生家庭也会带来伤害。考虑到老子时代低下的生产力水平，人们生存的难度百倍千倍于当下，阴影与伤害可能比现在大得多。

老子发现的是方法论，让人对同样的世界有不同的认识，与原来无法和解的弃人弃物达成和解。这段话的后一半是：“故善人者，不善人之师；不善人者，善人之资。不贵其师，不爱其资，虽智大迷。”你想当一个善人，一个聪明人，一个幸福的人，一个平和的人，那么，这世上一切善人，一切好人好物，都是你的老师，你得珍惜他们。做到这点不难，至少不难理解。老子厉害的地方在于教我们如何对待“不善人者”，即弃人弃物，他们是善人之路上的资源，不仅不能讨厌他们，还得爱他们。陷入迷惑的人，就是因为不知道使用自己的资源。空有智力，却使用不好。

老子这段话，在我的喜爱榜上，多年排行第一，我抄了放在案头，天天看得到。所谓智慧，就是变废为宝的能力，将弃人弃物变为资源。这样，天天涌现的弃人弃物，带给你的，就不是烦恼，而是更多的可能，解决烦恼就是生产力，是创新，是智慧；也可以犯更少的错误——不重复错事，就是正确。这不是资源，不是富矿，是什么？

人人都受过伤，尤其是心理上的伤。最好的和解就是将其转化成智慧，你不幸的童年，变成你孩子幸福的童年。令你悲伤的原生家庭，变成令你孩子快乐的原生家庭。化弃为取，转恶为善。这样的人生，当然越来越善。

大人物要有大智慧，
小人物更离不开大智慧

“小人物”一词往往含有贬义，我今天文章里的小人物没有贬义。标准严格一点的话，我觉得除了影响时代的那几个人之外，其他都是小人物，我就是小人物之一。

当小人物没什么不好。小人物更能够保有自己生活的完整性，有更大空间追求自己的幸福。变成大人物，属于自己的就会变少。举个从政的例子。一个人到了县委书记县长这个级别，自我就得极少。你一项政策与举措，可能影响县城的几代人，若只从自己私利的小格局出发，官是当不好的。再举个经商的例子。现在很多互联网企业，掌握了大量用户的数据，也可分析出人们的弱点，用来“成人之恶”，诱人深陷债务危机，喂人精神毒品垃圾信息。这样做可能并不违法，但对不起别人的信任。一个人身家几百亿上千亿，一个人的权力可以影响几万几百万人，处于这样的位置，如果没有“成人之美”的追求，老想着打人性的暗黑擦

边球，那能量越大，破坏力越大。

“君子成人之美，不成人之恶。”大人物应该是君子。

不是说小人物就不要“成人之美”，只是小人物“成人之恶”的杀伤力小，了不起耽误自己。我们小人物资源少，机会少，输不起，某种程度上，更得“成人之美”，走君子之道。

之所以发了上述的感慨，是因为这位读者在《我们拉车的人，都要好好保重》文后的留言：

“这篇文章很打动我，泪迅猛地落下来。不是委屈，只是很高兴有人用这么简练的语言，说出了我心底同样的骄傲。

“在明白自己的智商、情商、体能方面都很普通之后，我很庆幸自己有韧性，爱学习，待人真诚，做事靠谱；更明白这些东西是自己的立身之本。哪怕被嘲笑，被辜负，我也只是告诉自己离那些人远一点。初衷不改，我也一针一线地挣到了现在的生活，非常快乐！

“谢谢连叔，理念是巨大的能量，您给予我很多。”

这是个有大智慧的人，他的想法与投资大宗师芒格相通，甚至说得更好。

芒格说过，一个人很难成为体育明星（因为这需要过人的天赋），但是只要愿意的话，大部分人都可以成为出色的水电工人。

只要具有意志，坚持下去，了解这个行业，精通手艺，假以时日，是可以实现的。

世上大多数职业，都与水电工相似，区分出优劣的，不是天赋，而是人生智慧。小聪明，小花招，小偷小摸，小骗术，或可暂时获益，迅速得到满足，这是小人难以抗拒的“成人之恶”，但这伤害的是自己的长远利益，资源每用一次就断一次，人见你一次就躲着你，你成为孤家寡人，像病毒一样被嫌弃，人生不可能幸福。

小人物更应依靠大智慧，人性之美，才是取之不尽、用之不竭的资源。理解了“成人之美”威力的人，就是君子。

人生的很多问题，是定性，而非定量

讲到节俭话题时，有位读者朋友问：如何把握节俭的度？

这是个会提问的人，知道问题的核心所在。

节俭这个概念，不是定量，而是定性。人生之所以难，要随时调整，就在于许多人生问题是定性的。节俭与吝啬，消费与浪费，一纸之隔，非常容易错位。

某人一个月花了一万元。他是否节俭？无法作答。这得依据他的收入而定。他收入七千元，那就是浪费，他收入十万元，肯定算节俭。

我们的上一代人，不少还有饥荒与战乱的记忆，生活没有安全感。节俭对他们来说，不是难题，但到了物质富足的时代，这就容易演变成吝啬。眼里到处是可捡的小便宜，无法放手，变成了不会享福的人。这时候，我劝他们学会浪费，最后那点饭菜，不要勉强自己吃完导致过饱；劣质、变质的食物更要舍得丢弃；好衣服不要压箱底，老穿旧衣服；学会上上餐馆，四处旅游，把手头的钱花掉一些。无论是物质还是精神，活得放松一点，避免吝啬。往小里说，对得起自己的人生，往大里说，对得起这个时代。

而我们的下一代，许多对物质匮乏没有感受。消费对他们来说，不是难题。他们容易掉入超前消费的陷阱，丢掉节俭的技能。我会劝他们学会节俭。节俭可说是最重要的"财技"，年轻时收入低，节俭收效很慢，若缺乏长期的自律、自信与朴实，是坚持不了的。没有个五年十年，看不出节俭的效果。可是超前消费，一念之差，一夜之间，就可以掉入大坑。年轻人，手要紧一点，避免浪费。这样，人生才会有更多机会。

一个理想的社会，应该是年轻人节俭，老年人不吝啬。如果刚好颠倒，那这个社会就不正常，也埋下了危险的种子。

节俭不是不消费，节俭是为了未来更好地消费。节俭增加了一个人的经济实力，最后也增加了他的消费力。节俭获得的能量，若不回馈给自己爱的家人，不能有益于社会，那你就成了守财奴，带着一串数字死掉，过完可悲的一生。

不掌握节俭的度，可能就会成为守财奴，演变成乞丐型节俭者，身家亿万，形同乞丐。这个度的标准是什么？就是达到同收入阶层的平均水平。巴菲特以节俭著称，但他很年轻时就给老婆孩子买了别墅，做了富翁该做的事。芒格一直反对浪费，为陪伴家人，有钱后也添置了游艇。游艇对普通人来说，是承受不起的消费，对芒格这个级别来说，就是普通消费。

随着财力的增长，消费水平也慢慢随之等量增长，这样就可避免为节俭而节俭，有入没出，变成小气鬼。这个度把握住了，我们可以一直是个节俭的人，也一直是个会生活、懂生活的人，在应该花钱的时候，我们也永远是个慷慨的人。

2

越能把握当下，意义越容易涌现

完成今天的作业，解决今天的问题，这是行动，也是意义，这是当下，也是一生。

不强求是智慧，更是美德

天下最难做的职业就是教育，受教育者的年纪越小，教育者越难当。一切行为规范，往往都有悖于人的天性。早晚刷牙，定时作息，这对小孩来说，学成都不容易，定时定量读书做作业，与快乐懒惰的本能更是水火难容。

人在建立行为规范时，都经受过一定程度的强制，我觉得这是难免的。至少教育者（比如父母）有权利以不作为的方式实施惩罚权：你没完成我的要求，我纵使没有打你的权利，但我有不作为的权利，比如不给你做饭，以达到惩罚的目的。不借助一定程度的惩罚，教育的目的就达不到。

我们在成长过程中，都被强求过。知道这是成长必须付出的代价，就不会有怨恨。父母体罚过你几次，老师严厉批评过你几次，你就有了心理阴影，从此成为废人？没这回事，人如果这么脆弱，早灭绝了。

但随着受教育者年龄的增长，强制手段一定会退出，最后达到自愿成长的境界，那样教育的任务就完成了。一个人若一失去外界的强制力量就垮掉，那不管他拿了多少文凭，教育也没有完成。

所谓的自我管理，就是自我强制：我要求我自己做我本性不愿意做的事。到了这个程度，多数事就做得成了。

我们都会有想成为一个教育者的时刻，把自己的观念与行为规范推广到他人身上。人与人的交流，本质就是推广观念的过程。此时，我们被强求的记忆可能就会起坏作用，变身为强求者，他人不按照我们的想法行事，就生气。这个阶段，我们要学习的是不强求的力量。

不久前，一位读者向我求助，他信佛的妈妈固执地反对儿媳妇做卤鸡爪生意，搞得家庭氛围很不愉快。这位妈妈就是犯了强求的错误，让人对其本身的信仰都反感。其实佛教在中国产生影响，成为中国文化传统的一部分，就在于其掌握了比较高明的教育方法，没有强求，不想当和尚都可以还俗，更别说俗人了。强求他人按照自己的信条做事，不然就生气搞事，那是贪、嗔、痴都犯了。但是这种错误却极具普遍性，我觉得，百分之九十的不快乐都来源于此。

吃素是我的权利。啃鸡爪是你的权利。我们互不强求，就有双份快乐。我们互相强求，那就有双份不快乐。都是成年人了，我们面对的人，不是自己的孩子，一丝强求的权利都没有，我们的信念，只在自己的权利范围内行事。做好你自己，是推广你信念的最好方法。

罗素先生说过，参差多态乃幸福之源。强求就是不喜欢参差多态，是一种破坏幸福的坏习惯。同样两个自愿主义者，可能一个吃素，一个吃肉；一个已婚，一个单身，性格、习惯可以完全不同，但他们实践的却是共同的价值观。当我们学会不强求时，将会发现，那些生活形态与自己完全不同的人，往往是自己的朋友。

当然了，对强求者最致命的反问是：你以为你是谁？你强求得了谁？强求者除了把自己置于可笑可怜的地步，改变不了什么，这么丢脸的事，少做为好。

我最怕的一个问题

我最怕人问一个问题：人生的意义是什么？

人生是有限的一段时空，我们由一粒受精卵分裂而成，然后肉体化为虚无，最后在记忆里消失，从无走到无。将这百来年，比作梦幻泡影，如露亦如电，是很贴切的。老子说，死而不亡者寿。但像老子一样一直被人记住的寿星，少之又少，那不是常人可及的人生意义。

把时间拉得足够长，长过我们一生，便会发现，人生在死亡之后，意义就消失了。当一个人心情低落，厌倦生活，想放弃时，我很怕告诉他这种答案，有时候真相未必有利于我们的生活。

但你在精神强劲之时，却必须、必然知道这个真相：生命这棵韭菜，死亡的镰刀必将收割它。一个人知道自己生命有限，这是好事情，它让你更珍惜当下。如果你确信自己明天会死掉，今天怎么会和爱人吵架呢？你们偶尔情绪失控，吵完架后想想假如明天会死，估计和好的速度将提升一百倍。

时间不会顾忌你的情绪，它持续流逝。我们很像人形的沙漏，无论你当下的情形如何，沙粒恒定下泄。我们总是在经历微型死亡，过去已经死了，未来还是虚无。唯一存在的就是当下，当下没有把握住，我们就等于一个死人。

人和当下的关系，就是人和一切的关系。知道这点，过去的懊悔，未来的焦虑，就没有那么大的杀伤力。和当下处好关系，就有一切满意的关系，我们的精神将圆融而不分裂。

一直否定自己的当下，一直逃避自己的当下，你和自己，你和周边的人与事，你和未来，都不会有满意的关系。

几天前，有位姑娘来信说她感到沮丧，别人轻而易举可以做到的事，她花很大力气也做不好，因此想逃脱管理家庭店铺的现状，去找更适合自己的工作。这种沮丧感是常态，但若把它理解成当下给自己的任务，你就不会觉得挫败，而会想办法解决它。所以我建议她好好在店铺中磨炼技能，收获自己的“轻而易举”。

一个小学生一边做暑假作业，一边想着玩，有沮丧感，而监督得抓狂的爸爸妈妈，沮丧感更强。这种关系广泛存在，某种程度上，我们既是小学生，也是监督者，想逃跑的沮丧，想控制逃跑者的沮丧，兼而有之。这个任务其实告诉我们很多：你可以理解人性，从古到今的小学生及其爸妈，都是一样的；你可以理解学习模式，它轻松不了，其过程就是得解决一个接一个烧脑的题目。人最后的竞争力，是解决问题的能力。解决得多了，做任何事都变得轻而易举，旁人很羡慕你，以为你天生如此，其实主要是因为你练得多，没有逃跑。

人无法从当下逃跑，人是当下的总和，不解决当下的问题，明天的问题更多。就像今天不做作业，明天要做的作业更多。

完成今天的作业，解决今天的问题，这是行动，也是意义，这是当下，也是一生。越能把握当下，意义越容易涌现。

有些真相没人明说，但你却要明白

人的认识很奇特，有些事情人人在做，但却没人会承认。指责这种行为虚伪，失之简单，更准确地说，它在委婉地表达人类特有的处境：我知道有些事情会伤害你，但是这伤害是你必须承受的，但愿你也知道，并从这种伤害中尽快走出，获得平静与力量。

有个比较残酷的真相是，人在成长中，都会受到某种程度的伤害，但是别人却有这种伤害你的权利。听起来比较绕，让我给你举个例子。昨晚我在湖边散步，照旧有很多人在钓鱼。长期以来，我几乎没见过鱼上钩的情景，昨晚遇到了，有位大叔钓到了一条食指大小的鱼，我很兴奋，真诚赞叹："鱼真不小，这是什么鱼？"大叔全程冷漠，完全不理睬我。我被拒绝沟通，有点小小的尴尬，可能受到非常非常细微的伤害，但我知道，大叔有不理我的权利。

又走了几步，我就理解大叔了，甚至对他抱有歉意。另一位钓者正在收拾战利品，准备离开。他收获了七八条鱼，其中三四条小臂粗细，非常壮观。我们愉快地交流了几句，他一直在假谦虚："哎呀，技术一般，只不过运气好！运气好！哈哈哈。"这笑声那位冷漠的大叔也听得见，刚才我夸他那条小鱼，可能他听起来言过其实，更像是讽刺，受伤的反而是他。

由于无知、误解、感受不同、标准不一，人与人之间的交往存在大量的伤害，且不可避免。一个人心智成熟的标志，就在于能够理解他人的拒绝、不理睬、不答应，这些不作为在其权利范围之内，那么，我感到受伤也只能接受。最典型的就是求爱被拒绝，痛苦指数非常高，有些脆弱的人可能从此沉沦，但我们得承认：拒绝他人求爱（在此事上伤害他人）是一个人的权利。其实只要拒绝他人的请求，从借钱到商业合作，都会产生一定程度的伤害。

很多人号称自己不会偏心，尤其是父母，这其实不太符合事实。偏心其实就是偏好，没有偏好的人不存在，只要有两个孩子以上，偏好就会产生。你或偏好排序，或偏好性别，或偏好品格才能。好父母对自己的要求，应该是追求更合理的偏好，品格才能最出众的孩子，尤其爱他、偏心他，人们反而觉得公平正义，观感不差。有些家庭，为了自己积聚的财富与影响力不耗散，也往往让最有才能的孩子继承主要家业。原来的皇位继承是如此，把江山平分给孩子，国家很快就消失了。现在的家族企业继承也是如此，平庸的、不成器的孩子，如果染指公司运营，再好的公司都会垮。

一个人正确的偏好，要逻辑自洽，即允许他人同样有偏好。我可以拒绝你，你也可以拒绝我。我如何对待你，也允许你如何对待我。只要偏好是对等的权利，就没有问题。这也正是人类社会运行的规则。

起破坏作用的是单方面的偏好，从小虐待孩子的父母，却要求孩子必须孝顺；从小被歧视的女孩，没分得一分家产，却要求她牺牲自己供养原生家庭。最终让人受伤的不是偏好，而是不对等关系，是强迫关系。一个人若被这种强迫关系绑架，挣脱不了，便有双倍的精神痛苦。

偏好不可怕，人都会有偏好，也都会被他人偏好，这就是人，这就是真相。人必须在这种环境中成长，只要坚守对等原则，就不会受伤。得到爱，我应该回报，你伤害了我，我可以不理睬你。

没有自信，神都没办法

要有自信，这点很重要。

没有自信的人，相当于一个零。其他再多的有利因素——无论长得多美，天生素质多高，别人多喜欢你，乘以零，结果还是零。

自信就是信任自己。不信任自己，有两个糟糕的结果：

一是你将自己的命运交给他人，盲目信任他人。事关自己的大事，你没有主意，他人随便一句不负责任的评论就能左右你。你觉得谁说的都有道理，像狂风中的一棵枯草，惶恐地左右摇摆。

二是你无法信任他人与世界，你陷入害怕被深深伤害的恐惧之中。每一件好事发生，你都觉得它不会持久。任何好事的开始，都只是小种子，就像爱情往往始于一个眼神。小种子需要培育才能长成一棵树，大风吹不倒，能结果，有阴凉。而每一件坏事发生，你都觉得它验证了你的恐惧。任何坏事的开始，也只是小种子，消灭它是容易的，而没有自信的人却迫不及待地养大这丛荆棘。

不自信并不是不信任一切，不自信是不相信好事会发生在自己身上，不自信是一种自我诅咒。

这世界会有意外，很多普通的事情也令人恐惧，就像女人有能力生孩子，但第一次生孩子还是会害怕，以为自己做不到。

意外之所以是意外，就在于它发生的可能性小，我们要有防备，但不要防备过度。

有位姑娘的防备过度体现如下：

"我是三线城市三甲医院的一名医生，去年刚入职。我在研究生时谈了一个杭州男朋友，他是我大学同学。当时因为缺证，我没在杭州找到工作。因为自己导师成立了新科室，我有幸在家乡的三甲医院找到了工作（当时的初衷是把证考下来，同时积累三甲医院的工作经验）。但是我和男朋友之间出现了问题，他在杭州买了房子，我所在的城市工资水平太低，我也刚起步（医院规定三年后才能拿全奖）。后来我俩商量我辞职去杭州，可是家里不同意，觉得我现在的工作不错，杭州的房子是男朋友名下的，现在离婚率这么高，万一离婚了，我净身出户，将一无所有。"

这位姑娘的男朋友若看到她的担心，应该会很崩溃。他在更好的城市探路立足，备好房子，又有能力又有责任，一百个姑娘，九十九个很感动，偏偏他的女朋友把他想得那么坏。

仔细推演一下各种情形，她的男朋友都会被否决：

在杭州没房子。那更不可能过关。

去姑娘所在的三线城市买房子求婚，离婚的结果还是一样。

唯一的可能就是婚前把房子送给姑娘，但是，谁能保证他婚后不把这财产败掉？甚至，他会不会变成杀妻狂人呢？谁能给这个保证呢？上帝吗？真有一个上帝在她耳边说，“嫁给他，我保证你们一生幸福”，她也会怀疑，这个上帝是不是真的上帝。人若没有自信，谁都无法给她信心。即使是一个爱自己的人，她看到的也是以后的背叛。

一个自信的女人，怎么会害怕备好一套房子的男朋友？我有能力，我会赚钱，婚后的财产会持续增长，将来会拥有更好更多的房子，就是离婚，也不可能一无所有。自信的人，以发展的眼光看问题，未来总是美好的。

一个人的好生活，往往是其自信带来的奖赏。

你要有自信，这不是选择，这是命令。

不受惩罚的骗子广泛存在，如何远离他们？

经常有受害者执意上当的案件发生——接到诈骗电话的受害人，不顾警察或银行工作人员的劝阻，执意要给骗子打钱。让人又好气又好笑。

这类受害者往往就是骗子要寻找的。他们一是容易相信别人，二是愿意帮助他人。如果他们不是配合骗子，他们的举动，其实往往证明他们是好人。

电信诈骗是比较极端的事例，我相信绝大多数人也不会上当，但是好人们上一些小当却是普遍现象。人生遇上几次不讲信用的人，是必然的，这像是一个人的成长课。你慢慢学会甄别人品，人与事经历多了，你的眼光就如X光，能看透人，这保证你总是和正确的人合作，不浪费自己的时间和能量。

如果好人不从小骗里退出，小骗就演变成大骗，你的损失将很惨重，不仅是金钱的问题，还是性命问题——不是说会被谋杀，而是你消耗掉自己的时间，半生或一生，这和谋杀没什么区别，不过它却不是犯罪，"谋杀犯"得利却不会受到惩罚。

我被问得最多的一个问题就是：我被骗了，要不要继续相信他？

我被问得次多的一个问题是：我被他骗了很多次，要不要继续相信他？

问这些问题的人，其实都是柔软的好人，他们本该值得被更好地对待，但是不幸遇上骗子，他们的柔软就会被利用，因为欺骗的成本极低，只要骗子做出保证：下次不骗你了，他们就会选择原谅。任何一个骗子，遇上这样的人，都会将其吸干净。甚至更严重，有些小骗子被养成了大骗子。你自己培养了自己的天敌。

这是一个工作中的例子：

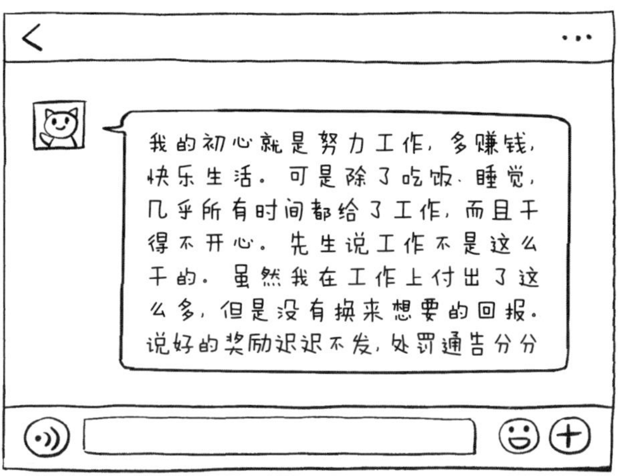

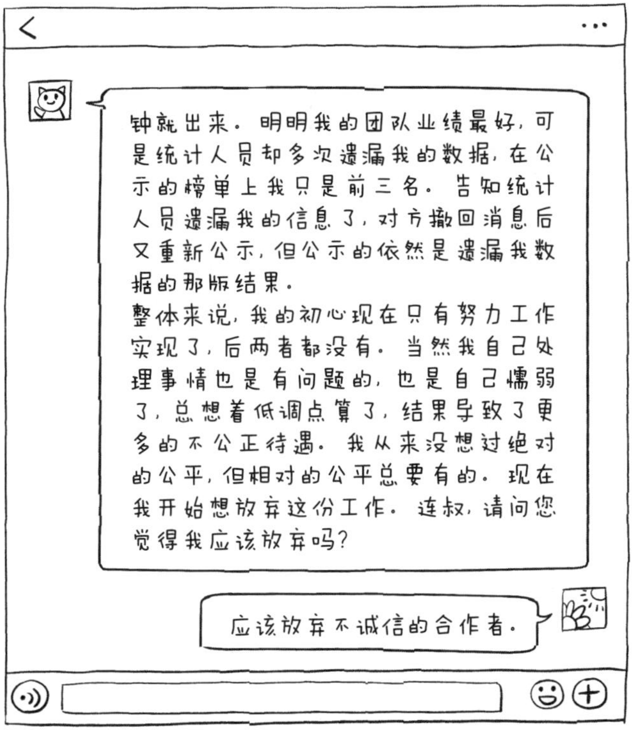
钟就出来。明明我的团队业绩最好，可是统计人员却多次遗漏我的数据，在公示的榜单上我只是前三名。告知统计人员遗漏我的信息了，对方撤回消息后又重新公示，但公示的依然是遗漏我数据的那版结果。
整体来说，我的初心现在只有努力工作实现了，后两者都没有。当然我自己处理事情也是有问题的，也是自己懦弱了，总想着低调点算了，结果导致了更多的不公正待遇。我从来没想过绝对的公平，但相对的公平总要有的。现在我开始想放弃这份工作。连叔，请问您觉得我应该放弃吗？
应该放弃不诚信的合作者。

这是一个家庭中的例子：

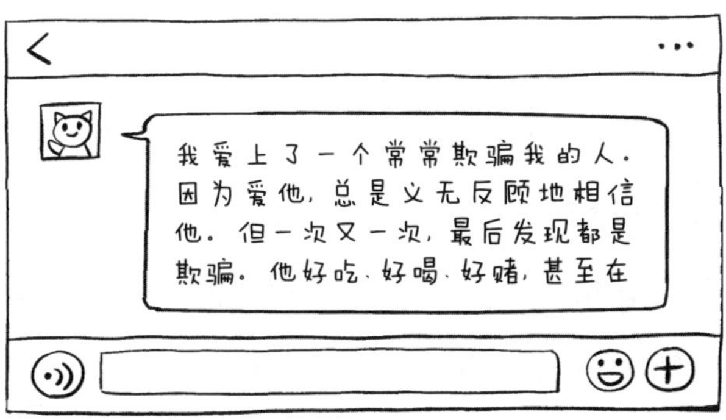
我爱上了一个常常欺骗我的人。因为爱他，总是义无反顾地相信他。但一次又一次，最后发现都是欺骗。他好吃、好喝、好赌，甚至在

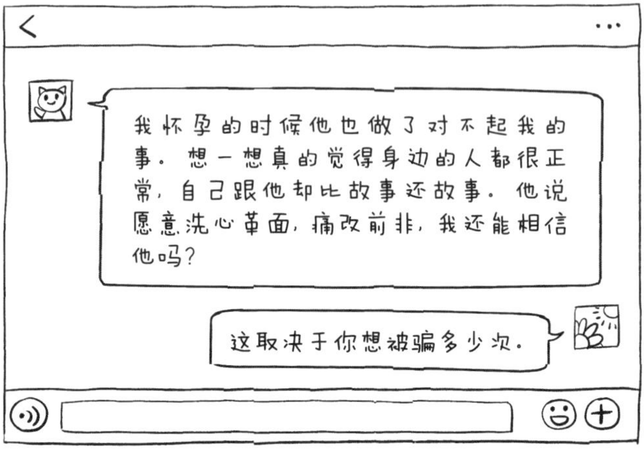

还有更多类似的例子，看了让人心疼。欺骗，是真实生活中的高发事件。对于果断的人来说，并不怕这种局面，但大多数人是不果断的，遇见类似的情况，怎么办呢？

有两个办法：

一是延缓决定。上面家庭中的例子，常常被丈夫欺骗的妻子，先不要决定原谅他，你一旦决定了原谅，就又可以容忍他多次欺骗。你可以把决定的时间放到半年以后，惯骗撑不过半年，一定会复发，所谓的洗心革面，不攻自破。你的决定有截止日期，更具体，带着警觉生活，你的判断力将会增强。

二是再给一次机会验证。上面工作中的例子，仍然拿不定主意，那就告诉自己，再被骗一次就离开。再上一次当不至于伤筋动骨,但可以逼自己改变,不再习惯被欺骗。

轻易原谅骗子,或者习惯骗子,是玩火。当你被骗光,没有任何利用价值后,骗子将用一句话恶心你:你为什么不离开我?我又没有强迫你。相信骗子会变好的人,都不可能得到骗子的善待,因为你太好骗了。

从烦恼到开心，我的心理建设

人的一大挑战是，必须由悲观主义者变成乐观主义者。我不例外，也有这个转变过程。

可以说，人天生是悲观主义者，人必然会死亡，我们的生命是有限的。这一百年，若不好好规划，做不了什么事，这点令人恐惧，令人产生匮乏感：在这大千世界，我可能一无所有。人害怕自己无能，握不住事物。可是越怕，就越握不住；越用力，越握不住时间的沙粒。悲观主义是自我凌迟的酷刑，开始你害怕你没有，当有了，你又害怕失去。

有个读者，资产数亿，但每天都忧虑经济会崩溃，资产要贬值，严重到睡不着，问我该怎么办。

我问他："你担心的最严重的贬值，是多少？"

他说："可能百分之五十。"

我说："算严重一点，贬值百分之六十吧，你的资产还是比大多数人多，是吧？”

他点头。

我说：“你就把贬值当作确定会发生好了，你的最优选择也是吃好玩好，在贬值之前把钱花掉一些，这相当于赚钱。”（这种量级的富人，吃喝玩乐是搞不穷他的，连利息都用不完。悲观起来，盲目行动，乱投资，才会让他破产。）

他认为有道理。

我相信，一个下了决心吃好玩好的人，天天接触开心的事，必然也会开心起来。人就怕瞎想，所以天天在书房里想世界大势的知识分子，从来都是最悲观的一群人。

我也是天天待在书房里的人，但我想得比较具体：在中央空调的呵护下看书写作，世界让我这么舒服，我把它想得很坏，是不是良心坏了？

有人问我，天天接触读者的烦恼故事，如何做心理建设？

早年确实会受一些影响，心情不好。就像傅雷先生说他开始翻译时，情绪太投入，搞得精神很疲惫，直到学会了抽离，翻译才更顺畅。他也建议同样是艺术家的儿子傅聪：当感情太热烈时，要适当降降温。

除了适当保持距离，我还这么想，我的多数读者是快乐幸福的（不然我这个作者就有问题），快乐幸福圆满自足，倾诉的需求低，他们往往不说话。快乐幸福才是主流。

更重要的是，我解决了别人的烦恼，这本身就是开心的事。就像医生看见病人康复。就像前不久我把一盆奄奄一息的绿萝移到阳台上，它每天见阳光，开始疯长，看它这么开心，我的心情也很好。绿萝是多么卑微的植物，它的生死都卑微，但帮助它都会令人开心。

烦恼，对我来说，没什么高下之分。有些烦恼，困扰了一代又一代人，再普遍的烦恼，再老套的烦恼，发生在一个人身上，都是具体的病痛，值得解决，值得帮助。我们自己的人生、努力与见识，让我们有力量去解决他人的烦恼，这本身就是件幸运的事。

你想开心，你想变成一个乐观主义者，最好的路径就是不吝啬自己的智慧，解决自己和他人的烦恼。尤其是你的家人，当他们有爱的渴求，有陪伴与物质的需要时，你不要躲避，觉得这样的人生好苦，当你解决他们这些烦恼时，你才会觉得人生美好。烦恼里也藏着变开心的线索，这是真的。

连叔懒吗？

昨天竟然被人说懒：

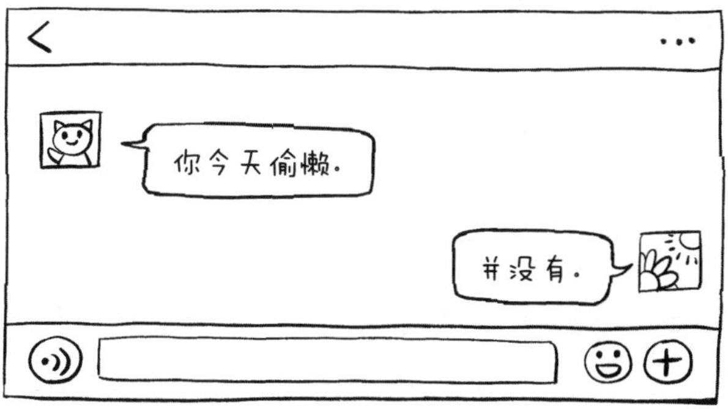

有十六个人为这位读者的留言点赞。

当然，我知道这是开玩笑，这是一个老读者、老朋友，他知道我每天是怎么工作的。连叔不是最勤奋的，但肯定是比较勤奋的，与懒绝不沾边。

我这不是讨表扬，好像自己勤奋是为了别人，我是为了自己。这是深思熟虑后最有利的生存方式，正如密林深处的一棵树，照顾自己的每一片叶子，不是为了让人欣赏，是为了生长。更年轻时，我在不少时间节点可以选择偷懒，感谢内心声音的告诫：这是比较危险的生活方式，一偷懒就面目模糊，太容易被取代，像一张A4纸被另一张A4纸取代。面目模糊到了一定程度，你想重新振作，已不可能。这种取代是不可逆的，取代你的竞争者会全速前进，变成另一个物种，他离开了树，少了一根尾巴，将来会到动物园探访你。

勤奋是保持一定的学习量和工作量，不能过于轻松，感到一点压力，完成后有轻微的快感，这证明你的大脑在变强。数学家蒂莫西·高尔斯在这点上的论述很好，他纠正了外界的一个误解，即数学界全由天才把控。他说，在四十岁时证明了费马大定理的安德鲁·怀尔斯，就不是天才。其实，数学界的绝大多数影响深远的贡献是由“乌龟”们而不是由“兔子”们做出的。“乌龟”们有一套勤奋的工作方法：非凡的勇气、坚定和耐心，对他人成就的了解（所以这需要学习和阅读），细致的规划，长时间的思考。他们有杰出的战略眼光，并不是只靠天赋的机会主义者。

勤奋仅使你保有比赛资格而已，是最低要求，不值得炫耀，更不能叫苦。

当“兔子”总是有诱惑力，一下蹦很远，睡一会儿也没关系。

机会主义者，最能掌握时尚的新词和新理念，总在找风口和颠覆，他们很聪明，自己不理解的事，也能倾情推荐。如果你没有定力，你会觉得，要理解相对论，找他，比找爱因斯坦更可靠。

机会主义者"兔子"的本质，从来不变，就是为懒惰找借口。他们是时尚达人，有漂亮的外衣。按照天理，你连读完一本书的阅读力都没有，是不能推荐书籍的，你连一句话都写不清楚，更不能教授写作，你没有付出，就不应该得到。但是包装一下，说自己是创意，是策划，是颠覆，是这种心理大发现，是那种商业大革新，胆量一下就足了。不给你一个财务自由，还对不起你了。

但世界只会按天理运行，不会理会"兔子"们的臆想。你想得到任何珍贵一点的东西：高薪高职，名望尊重，美好的爱情，温暖的家庭，勤奋都只是起点，不仅身体要勤奋，脑袋也要勤奋，做一点累活，了解事物的细节，让问题带着你思考，找到更好的方法。无论你是追逐者，还是被追逐者，最好的选择都是同样的：每天跑得更快一点，存活概率就大一些。

你只能选择勤奋，所以，连叔不能懒，你也不能懒，这是必然的。

为何是“扩大”舒适区，而不是“脱离”舒适区？

不久前，有位读者问道：

“想进步的人很多，能进步的人很少，可能很多人总是靠意念生活，得过且过碌碌无为，愿自己可以为了自己和爱的人，脱离舒适的圈子。连叔，你觉得人应该脱离现有的舒适区吗？”

我当时的回答是：着眼于扩大舒适区。

不少人听惯了“脱离”舒适区，又接着问，扩大舒适区到底是什么意思？有什么不同？

我原来也习惯说脱离舒适区，并不觉得它有什么问题。在观看奥斯卡最佳长纪录片《徒手攀岩》时，我发现，主人公亚历克斯·霍诺德的说法更精准，更合理，更符合真实情况。他说，他要用练习扩大自己的舒适区。“扩大”两个字，马上在我脑子里高光起来，有这句话，有这两个字，这部电影就值了。顺便说一声，我们在看一本书，欣赏一部作品时，要更在意从其中获得的收获，能启发自己，汲取营养，不要把重点放在挑刺上。你的心态是前者，那就“三人行，必有我师”；是后者，那就成天气鼓鼓的，恨不得当全天下人的老师。别人不想当你的学生，你就更生气，最后只好诅咒世界，愚昧啊、平庸啊、堕落啊，一通乱骂。何必呢，这样的生活多没有意思。我们的求知不是让自己的脾气变坏，心眼变小。

扩大舒适区，“扩大”二字好在哪里？

脱离舒适区，把舒适与不舒适截然打断，黑白对立，似乎为了进步，我们得把自己一下抛到不舒适区，像从地球到了火星。这是语言不够准确带来的理解混乱。

人性是追求舒适的，一味强调脱离舒适，人就会觉得格外辛苦。似乎为了进步，永远不能舒适。这样的话，进步又有什么意思？人总是要死的，终身学习的人就是终身不舒适？这经不起推敲。

而扩大舒适区，是将舒适与不舒适作为整体看待，不舒适是从舒适中探出的触角，新生的根须。在新领域、新养分的滋养下，舒适的体量增加了，像一棵树慢慢长大了。扩大将生长的状态表述出来了。

亚历克斯·霍诺德是从他舒适的攀登区域向不舒适的攀登区域延伸，是将不舒适的新动作变成舒适的技能。他没有一秒变成全新的人，一换装就成了蜘蛛侠。每个人的新知识、新技能的获得都是如此。你第一次挑战跑一万米，你之前跑惯的五千米，是舒适的，真到超出你原有跑量时，你的肌肉与意志才进入不舒适，但多跑几次，后五千米就会成为你的新舒适区。我们学习不舒适的外语，但不意味着放弃舒适的母语。我们早起辛苦，但更要保证睡眠的质量。

进化是慢慢、一点点地发生的，时间够长，就进化出了新物种。突然的剧变，一下变成全新的不舒适，恐龙都灭绝了。这就是“扩大舒适区”的意思，只待在舒适区里，是不可能进化的。尤其是现在热量获取的成本极低，只想着舒适地活着的人，最后都不可避免地变得非常蠢，失去了学习能力。而只追求不舒适的另一个极端，又会把人变成不顾后果的赌博者，不尊重专业，不在意积累，似乎只要求新求变就能成功，只想着重新洗牌。亚历克斯·霍诺德若这么做，早摔下来了。

要舒适，这舒适要像种子，能从两片胚叶开始进入不舒适，这样它才能长成参天大树，又结出满树的舒适。

好好说话，小小圣贤

简单一点划分，这个世界的思维方式可分成两种：一种是商人思维，一种是文人思维。这与你的职业并无太大关系，一个商人，可能是文人思维，一个文人，可能是商人思维。

商业使人文明，就在于一个人若是从事商业活动，他必然趋向于把交易做成，而不为对方创造价值，没有利益打动他人，交易是做不成的。短期内，欺骗与狡诈或许有用，时间一长，它们没有任何作用。商人思维的出发点在于解决他人需求，改善他人处境。一个人在商业活动中，开始“被迫”这么做，做久了，自然变成自己的主动，这是商业的教育作用。

文人思维则不同，翻开东西方的文人史，一大部分是吵架史。有时候双方的观点都不高明，甚至都是错的（这个最常见），但如果都好斗，他们可以对骂一辈子。由于文字水平高，这种吵架也会有美感，也可换来稿酬。但这种生活方式，显然不太愉快，能从其中找到愉快，那是人格有缺陷。

在每一天的生活中，我们都要不停地说服他人，希望自己的观念与方法得到认可。人总是希望世界按自己的方式运转，这没什么不好意思承认的。古圣先贤，观念好，说服能力强，在他们死后几百数千年，世界仍然在他们的影响下运行，而且一代代人会继续证实他们观念的正确性，又增加了其影响力。

在一个极微观的环境里，运行的规律是一样的，你有说服力，你就有影响力，就成了小圣小贤。比如这位姑娘告诉我的事：

"我老公二百多斤。我天天唠叨让他减肥，他耐心听完却继续吃喝玩游戏。我尝试过用各种方式诱导他。最近一次，看着家里老人坐在餐桌前吃石榴，俩娃在家里'嗨'，我下意识地说：看我们的生活多么幸福美好，真想永远这么活着，活它五百年，永远幸福。他愣了一会儿，从那天开始不吃晚饭了。就几天而已，肚子明显小了，他感受到身体的变化，每天主动强忍饥饿。我想这是个惊人的改变，主动且坚韧。期待未来。"

姑娘前后的诉求是一致的，就是希望已经肥胖的丈夫能够健康一些。在说服力还不够的时候，也就是文人思维主导时，丈夫更多感觉自己被否定、被操控、被攻击，你越正确，他维护自己的本能越强。人，只要感到不舒服，被侮辱与威胁，那么，你的正确，在他看来，不过就是攻击武器。而打动他的，是无意识地对美好生活的描述，姿态柔软，色调温暖，一个男人的责任感被唤醒了。他意识到自己的健康问题可能会摧毁家庭的未来，他的防备之心去掉了。夫妻两人的诉求达成一致，丈夫产生更大的行动力，这是商人思维主导的结果。

当然，沟通不能靠碰运气，否则的话，今天达成一致，明天又因为放纵自己的攻击性，将成果全部毁掉，甚至退行到更坏的境地。很多不擅长沟通的人就会犯这种错误，好不容易对方认同自己一次，他却以为自己可以从此肆意妄为，从而将对方推得更远，甚至关系破裂。

好好说话，提升沟通能力与说服力的原则是什么呢？或者说，商人思维有没有更具体的描述呢？有。在《塔木德》里，有这样一个故事：先知以利亚在天之灵经常会引导并激励博学诚恳的人。有一次，他指着路上行走的一对兄弟，对一位学者说："他们两个会被拯救。"学者追上兄弟，问他们："你们是做什么的？"他们答道："我们是小丑，我们给沮丧的人带去快乐。或者，我们看到两个人吵架，就过去劝和他们。"——这就是好好说话的原则：给予快乐，缓解矛盾。在进行任何一次沟通之前，先问自己，说完这话，快乐是不是多了，矛盾是不是少了？小丑这职业，就是对这一原则的最好诠释，即使自己在哭，也要让人笑着接受——我们未必要这么辛苦，但要有这自觉，好好说话。

锚定在那个柔软的点上

人的成长需要精神来源，否则，没有借鉴，便类似于刚开始使用石器的猴子，一切靠自己随机摸索，成长空间极限。

我们比较幸运，手中的工具换成了智能手机，学校早已是社会中的核心建筑，这确保了我们第一个精神来源：古圣先贤。从才到德，一个人可以为自己找到足够多的模板，所以我一直建议孩子要多读这些人类英雄的传记（成人也要读，但从少年开始读是最好的）。当阅读者被这些人类英雄的见识与行为感动时，就会不自觉地模仿，模仿得多了，就会变成自己的品质。

但仅有这点是不够的。单纯的教育与阅读，并不足以带来足够的成长，甚至容易看到反例，嘴里喊着大词，行为却在侵害他人财产与身体——而没读过书的文盲，都能遵守不侵害他人的天理，它是文明的基石。读书可能把自己读傻，并不是危言耸听，碰上几个坏老师，读几本坏书，一个人可能就“歪”了。随着阅历与知识的增长，有些人自我对话，慢慢调整，正常起来。可惜的是，人是情感动物，对过往的一切，尤其是年轻的记忆，带有深深的爱恋（换言之，就是固执）。很多人是无法调整的，他们一生爱自己的错误，即使现实一再证实是他们错了，他们也会认为错的是现实。

所以，除了古圣先贤，除了书籍，我们需要第二个精神来源，存在于你的身边并可以触动你改变，引发你向善的力量。这是必须完成的任务。一个人的思维中，如果都是“以前好，现在坏”“他处好，此处坏”“我好，别人坏”，那么他将永远处在最坏的时空。这个不愉快的人，就是一个没有完成任务的人，他在现实生活中，没有锚点。

现实中的锚点很多，有活着的圣贤，比如你当企业家，在决策时，多想想曹德旺、任正非会怎么做，你一定会更出色。当然，活人受到更多苛责，同时代的人不愿意承认他们很出色。曹、任两位先生，也常被人骂，以为他们不过尔尔。就是任正非先生率领的华为，扛住了美国政府的击打，这了不起的企业家成就，也会成为一些人吐槽的黑点，那就没道理可讲了。

但对待无论多么偏执、多么有偏见的人，现实都可以为他们提供一个柔软的点。上天有好生之德。

这个柔软点是什么？是你爱的人，是你的孩子。几乎每一天，都有读者告诉我，他们因为这个柔软点，做出何等巨大的改变。终其一生，他们不可能成为曹德旺、任正非这样的大人物，除了爱他们的人，也没有别人会记住他们。但是，看他们的故事时，给我带来的感动，和老子、庄子，和颜真卿、苏东坡带给我的感动是一样的；他们简短的叙述，冲击力和奥威尔、菲茨杰拉德、里尔克的一样大；他们的胜利，与中途岛胜利、登月成功、改革开放，给人的欣喜是相同的。

他们虽然是一粒沙，但是拥有天堂。就像这个故事：

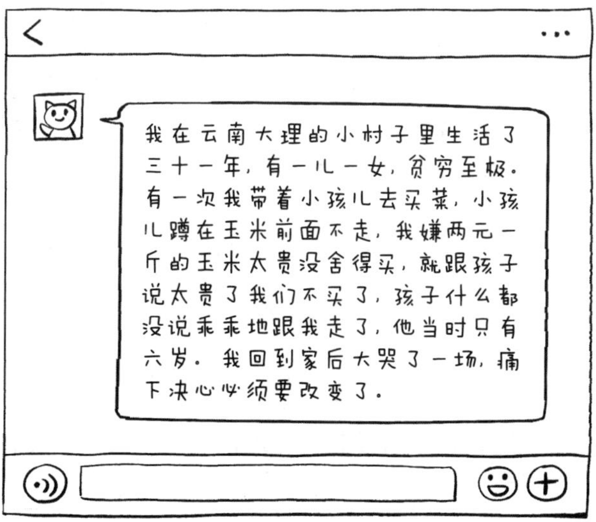

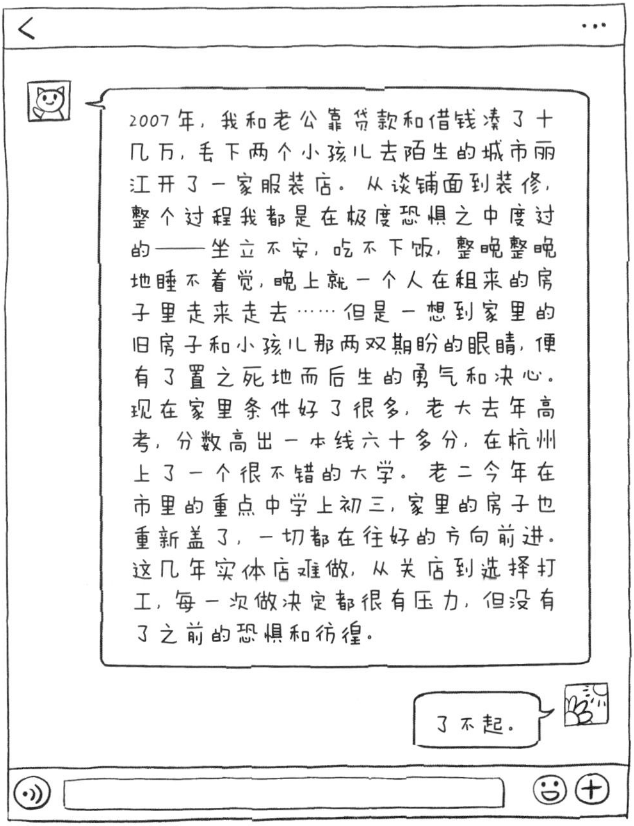

像这位伟大的母亲一样，多多体验我们生命中的柔软，锚定它，这是我们此生最重要的精神来源，它最能让我们成长，最能引导我们改变偏见，走上正道。它让我们生活在任何时空，都不会再找借口，天下太平，我们应该过得好；天下不平，我们更不能放弃。

怕什么，跟着走

人常说，爱一个人就会爱他的全部。

这是对的，不过这也难理解。错误、不幸、疾病、死亡也是人的一部分，难道要爱这些？当然不是。你是爱他能修正错误，能走出不幸，能战胜疾病，是爱他因此展现的意志与力量。虽说他赢不了死亡，但他在死亡限定的有限时空里，展现了更多的美，就像明日花之凋谢增加了今日花之美。

不接受“阴”，也就没有“阳”。

同理，问你爱这个世界吗？你一定会说爱。可如果你无法接受错误、不幸、疾病与死亡是世界的一部分，你对世界就爱得不够。在疫情的当下，可以更深刻地体会到这点。这就是真实的世界，意外随时可能发生，“阴”降临之时，你要保有“阳”的信念。

在疫情期间，我们接收的最多信息就是未来如何如何可怕。即使中国控制住了疫情，是当下安全的地方，也有人不停告诉你，疫情会二次爆发，中国将变成最脆弱的国家，经济会崩溃，欧美会“甩锅”中国（而且他们必然得逞）。诸如此类的坏消息、坏推测，一天一个，一天多个。你说它们不可能吗？有一点影子，不是百分之百的不可能。有些事情，即使原来百分之百的不可能，但胡说的人多了，可能性也就大了。比如中国的防疫明明做得好，是第一名，但有些人硬要说做得烂；比如病毒是天灾，不以人的意志为转移，有人却刻意表示要向世界道歉。还好不顾事实与科学的人少，如果主动“讨锅”的人多了，下贱到别人不甩锅给你都不行，不可能的事也就可能了。

未来本来就有不确定性，再加疫情这个变量，不确定性更大了一些。这时候人们容易慌乱，“阴”的力量大一些。相应地，人要恢复平衡，“阳”的力量也要大一些。

疫情也不知要持续多久，有专家与机构甚至认为要长达两年，在这么长的时间里我们要如何应对？这让我想起一个故事，邓小平的女儿毛毛曾经问他：“长征的时候，你都干了些什么工作？”邓小平只回答了三个字：“跟着走。”

长征开始时，前路未卜，风雨飘摇。这个大背景下的个人，不确定性巨大，意志软弱的人，一天也熬不住，但邓小平却很乐观，还爱说笑。这就是最佳策略，你相信自己选择的道路，长征不过就是走路，总有一天会走到终点，最确定的选择就是跟着走，想东想西不过是干扰自己。

疫情让生活的不确定性增加，虽然难度比起长征，小得不值一提，不过策略却可以一样，跟着走就是了。今天过好了，明天就更好一些，因为我们对病毒的了解增加了一些。每一天都过好，疫情总会结束。

中国现在相对安全，工作与生活也趋向于正常，我们要享受这成果。努力工作、认真生活的人，每一天都在领先，怕什么。

好俗气，好的俗气

人的一切行为都有其追求的结果。春种，追求秋收；投资，追求盈利。

没有耕种者追求歉收，没有投资者追求亏损。但歉收与亏损总难避免，不好的结果总会出现。这时候的聪明人就会调整自己的行为，他并不会浪费一个不好的结果。而笨蛋，却会一再重复错误的行为，以期得到正确的结果。这是进化能力的区别。

因为有了袁隆平们的努力，现在很多一辈子执着于错的人，也活得下去。虽说世界这么宽容了，但人也没必要非得浪费粮食与一生，还是要学习根据结果改正错误的认知与行为。就像邓小平所说的："不管白猫黑猫，会捉老鼠就是好猫。"你原来讨厌黑猫（某人、某行为、某观念、某制度），但它捉住了老鼠，结果是好的，你就要改变态度，承认它是好猫，不再讨厌它。只有这样，我们的行为才会不停地朝着理性进化，避免教条主义，成为坏行为的奴隶。

治大国与烹小鲜，道理是一样的。我们处理好自己的小生活，也不容易，也要有行为趋向理性的调整能力，能够尊重结果。就像这位朋友做的：

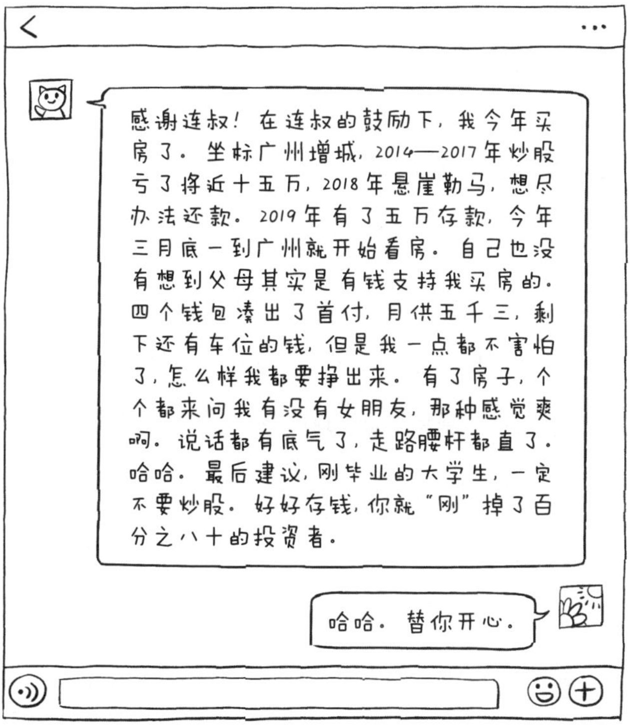

有这调整能力，犯错不可怕。快速地找到正确方法，然后坚持遵循这方法，直到结果提醒你需要调整。如此循环上升，一只

猫捉老鼠的能力就会越来越强。

有房子的人在婚恋市场就受欢迎，这似乎很俗气，但却是好俗气。无论你是男青年还是女青年，有房子，就像嘴里叼着老鼠的猫，人家马上知道，你更可能家境好，能力强，做事靠谱。

有些方法与标准，我们年轻时可能觉得土，但它总是有用，一直捉得到老鼠。我们应该发现它的价值，它也是进化筛选出来的，往往能够让我们调整得效率更高。比如很多年轻人不喜欢的相亲，很残酷，很势利，纯拼硬件，不玩虚的。其实我觉得应该去体验，它的价值就在于残酷和势利，马上让你知道自己的短板又不浪费时间。没房子被嫌弃？那证明你需要一套房子。多好的铁拳教育，一拳就打醒你。即使你不去相亲，知道从古至今，大家都爱财产、爱房子、爱好生活，顺应这个好俗气标准，人生也能少走很多弯路。别人不会因为你会胡扯，能狡辩，就给你钱，你一定是创造了价值才有钱。当你守不住价值时，钱也会离你而去。

富是最俗气的标准，但它并不可怕，富而不骄，富而好礼，就从大俗走到了大雅。有富这个大俗，大雅更容易生存。小至个人，大到国家，求富裕，是最不容易犯错误的道路。只要捉住老鼠，别人迟早得承认你是只好猫。越早知道这点越好。

二十五岁后就不该再怪原生家庭，为什么？

我曾说过，二十五岁以后，就不要再怪原生家庭了。

这是一个原则性的说法。二十五岁，一个人基本完成了大学教育，有了工作，能自食其力。自我发展了，命运更多掌握在自己手里。你早一点，十八岁就不怪，或者迟一点，三十岁才想通，也都可以。当然，早一点更好。

原生家庭的问题，有真的，有假的。

有些孩子的成长环境确实很糟糕，父母不负责任，忽视，甚至虐待孩子。这给孩子的成长带来了很大困扰。但是，诅咒这样的父母解决不了问题，你就是如愿得到他们的道歉与忏悔，你的人生还是要靠自己。更有可能的是，这样的父母完全不在乎、不反省，你就永远陷于对他们的怨恨之中，希望现在的问题在过去得到解决：如果我的原生家庭是好的，我现在就会更好。这在策略上是错的，你因为过去，浪费了现在，没了未来。

至于假的原生家庭问题，那是父母难免犯的错误。多数人当父母时，二三十岁，不过是大一点的孩子，许多事情还在学习，犯点错是难免的。再爱孩子的父母，由于知识、观念与能力的限制，都有可能会做出一些伤害孩子的事，这是成长的成本，是避免不了的。没有完美的父母，用完美做标准，那所有人的原生家庭都有问题。有句笑话说得好：所有的孩子都觉得父母犯了虐待儿童罪。如果一个人要追责这种父母难免的失误，以为小时候被揍的那几次毁掉了自己的人生，那这样的人生也太脆弱了。

所以，解决原生家庭问题，无论真假，最好的策略就是不反刍，往前看，你的人生发展得好，则一切过去的问题都会消失。发展才能真正解决问题，就像下面这位朋友做的：

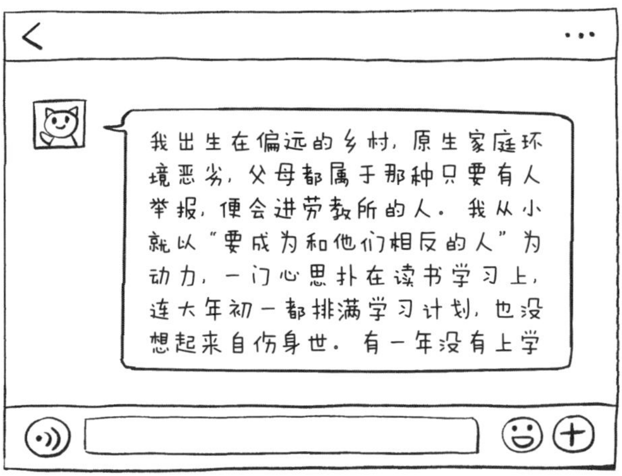

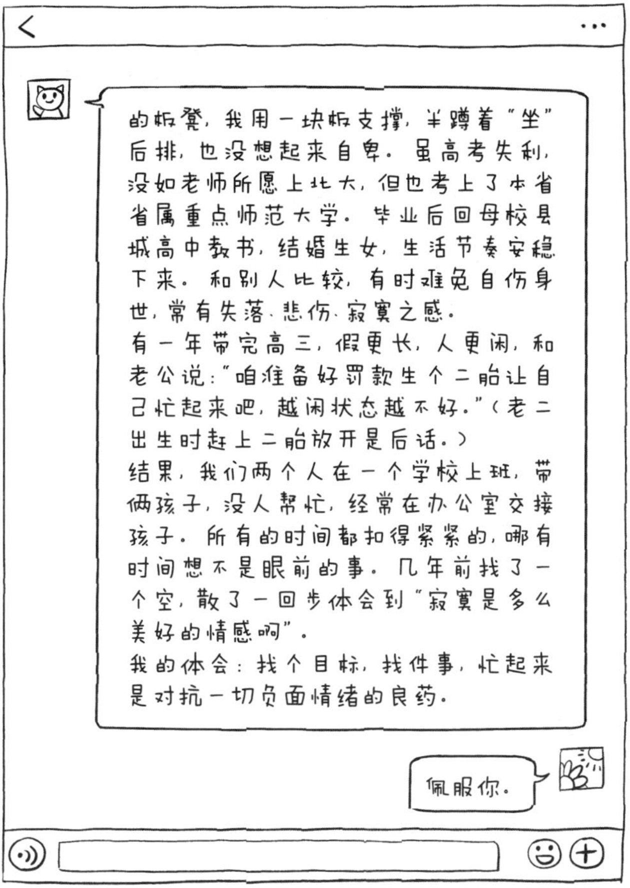

一个人的人生，是由多种因素驱动的。原生家庭不好，当然是个消极的因素，但是坚强的意志，乐观向上的生活态度，善于自我激励，这些积极因素都能够起关键作用，甚至能把消极因素转化成人生的燃料与资源。当你没有退路，不抱虚假的希望时，可能会更努力、更顽强。

认为决定人生的只有一个原因，是错误的因果观，会诱使人不停反刍过去某个错误。你不反刍原生家庭，也会反刍其他的。你总要找到自己的失败与不幸是他人的原因。人总是在缺憾中成长的，不仅小时候如此，一生都是如此。所谓成长，就是这些缺憾无法彻底决定你，你的发展会让这个缺憾变得无足轻重。现在似乎无法忍受的烦恼、压力与痛苦，长个三五年后，你会发现它们不知不觉间已经消失了。

最好的自愈力，最有力量的思维方式与行动准则，就是往前看，用无限的未来战胜有限的过去。

人生要看得破，才能选择慷慨

我曾说过“吝啬可能是基因缺陷”，这个为家人带来无穷困扰与尴尬的缺陷，最后也不能为自己增加什么收益，甚至人生都会失去意义。人总有一死，最后每一个原子都会还给宇宙。吝啬者铁爪抓住的一切，都会成空。以生死为维度，思考吝啬，可以发觉它是愚不可及的短视。

可是，吝啬者为什么这么多呢？进化难道不能剔除这种基因缺陷吗？其实再仔细想想，大脑的设计，主要目的是为了让人生存，吝啬与这个目的并不冲突，在资源匮乏的时候，它甚至有利于个体的生存，因此吝啬基因可能长存。人类普遍进入富足时代，是近来的事，中国的70后，仍然还有匮乏的记忆。富足的时间再久一些，慷慨才会多起来。也就是说，吝啬可能是天生的，而慷慨更多靠后天习得。

当我们爱一个人时，对她慷慨，就是符合理性的行为。这个理性，将战胜先天的吝啬本能。而慷慨，又得到更多爱的回报，形成正反馈。慷慨让人从个人感情的小爱，走向能处理一切人际关系的大爱。共赢，合作，先为对方创造价值以期获得自己的价值，这一行为模式逐渐建立起来了，人生就可以得到幸福。幸福是理性选择的后果，一个人若被吝啬捆绑，他的资源越多，对人的疑心就越重，失去的恐惧就越大，有何幸福可言？

当然，爱会变，他人可能辜负你的信任，这种风险始终存在。连叔我每年都要被坑一两次。你今天宴请他，他过几天写篇文章诬蔑你；赢得你的信任后，骗你一笔；合同履行完，就是不给你钱。这种事情发生后，能怎么办呢？只能一笑置之，先检讨自己辨识能力不够，以后要加强；再庆幸自己经得起坑，一点小损失，当坏账处理就是了。

正如不能因为有坏账，就不做生意；不能因为遇上几个不可信的人，就不信任何人。要更多地看到，信任的收益远大于风险，慷慨的回报总是大大高于损失。这样，人才不会被不愉快的人与事吓破胆，你总是会理性地选择爱，敢于慷慨，敢于信任。

既然人只有短短的百岁生涯，无中生有，一切归零。那么，那些值得自己爱的人，爱着你的人，有什么理由不对他们慷慨？你的能量，你的所得，你的名利，不给他们也会消失。正因为有人可以给予，你才有动力增加人生的密度，可以给予的人越多，你的人生越重要。无人可给予，你就没有存在过。

技术乐观派认为，人类很快可以战胜死亡，跨过奇点进入永生。我将信将疑。若这点真实现了，人会有无穷的时间，无穷的资源，那就更没有理由吝啬了。

真假凡尔赛与元烦恼、元动力

近来连续回复了几位家境优渥读者的来信，有父辈解决车房问题的部委公务员，有拥有数套房子的华为员工，也有能为孩子学习数学提供数百万学费的富爸爸。他们都有各自的烦恼。

最近凡尔赛文学是个梗，所以不少评论者认为他们在“凡尔赛”。所谓的凡尔赛文学，就是原来所谓的装腔作势、炫耀富贵的另一种说法，并不是新鲜事。这种装和炫，可能也是一种普遍的人性弱点，有了一点地位、财富、才华，怕别人不知道，忍不住要展示一下。许多人能够战胜这个人性弱点，获得成长。一个人也应该战胜这个人性弱点，否则，一切所得，不过塞翁得马，焉知非祸。

真假“凡尔赛”，其实一眼就可以看得出来。真的凡尔赛，自然不必理会。但很多人展现出来的优势，并无炫耀的本意，是假的凡尔赛，此时，就应认真沟通。中国财富积累了几十年，阶层已经十分丰富，人与人之间的差距可以极大，这是正常的。结合11月23日中国宣布所有贫困县脱贫的新闻，可以回答不久前一位读者的问题：什么是好制度？好制度就是普遍解决绝对贫困，不愁温饱，在这基础上又不抑制竞争，让努力者的成就没有上限——说实话，他们也是大税源。

但是人与人之间、阶层与阶层之间若无法顺畅沟通，也会出问题。若穷的仇恨富的，富的鄙视穷的成为主流，那社会就会变成火药桶，一点就炸。在这点上，中国人在很穷时就在探讨“解药”。孔子说了，“贫而乐，富而好礼”。贫而乐，不是因为贫穷值得开心，而是贫穷时做了自己该做的，遵行天理，乐于自己行了正道，贫穷不那么容易给人造成烦恼。富而好礼，礼是指不做不该做的事。富了不善良，去欺负人，去包小三，去诱惑穷人及时行乐，借债消费，甚至太爱“凡尔赛”，都属于不好礼。

在中国现在这个和平时期的大市场里，贫困县都消失了，消灭绝对贫穷的人间奇迹已经实现。穷都是相对的、暂时的，只要你愿意学习，财富梦想就有实现的机会。

这种学习的重要途径就是向领先自己很多的人学习。与你同阶层的人，观念、格局与方法大致相同，一起抱团取暖可以，但突破就难了。而只有放下攻击性、嘲笑欲、戒备心，才能学到别人的长处。从这个角度看，我很感谢那些衣食无忧，甚至财富惊人的朋友坦承他们的人生忧虑。这不是什么“凡尔赛”，这有大价值，这告诉大家，人生有元烦恼，我们始终得在新的平台上寻找更大突破与更多意义，永无止境，这点穷人、富人一样。

人也有元动力，起决定性作用的总是责任、勇气、坚定与耐心。有了这些，就能贫而乐，从贫到富，再富而知礼，在任何一个阶段，都不容易产生对抗心理，都活得自在。

成长的两大风险

近日上海发生了一起奇特案件。一个姑娘是上海青浦区的一家奶茶店的老板，店已经经营几年了。她声称今年因为疫情与房租上涨，开始进入直播业多挣一份钱。其间有观众要求她进行大尺度直播，起初她拒绝了，后来禁不住诱惑便开始直播。十天后，她退出直播平台，以为无事。后被公安机关查获，因传播淫秽物品牟利罪被检察院起诉。

有人同情她，因为她的供述，击中了很多人的共情点：开店不易，疫情影响，房租上涨。同情归同情，只是同情一下，可能也得不到什么有益的结论。她的情节，应该不会判很重，但愿她以后的人生路走得正常一点，不再做脑回路如此奇特的事。

其实无论经济处于什么周期，经营的风险都存在，对风险做预案，是开始经商前必做的功课。生意做不下去，或亏得承受不起，那就关门，这是生意场上的常事，哪有一转身去从事色情业，号称是补贴生意的。

这姑娘的教训是：年轻有两大风险，不避开，人生就有大麻烦。

一是生意风险。生意没那么好做，亏本是常态。年轻人想做生意没错，但是切忌仅凭媒体宣传与一时的热点就贸然进入。奶茶店、咖啡店之类的，在影视作品上看，太酷了，打扮得美美的当老板，发发朋友圈，人生多成功。你真想开，负责任的话，去这些店打半年工，切身体会生意流程与辛苦程度，那时的想法才真实。至少，你得对成本与收益有比较准确的估算吧？打工辛苦，打工有风险，比打工更辛苦、风险更大的，是当老板，一输就输半条命。

不是说人到中年开始做生意，就能避开这个坑。你年轻时不养成这种“知己知彼”的思维习惯，到了中年赶做时髦生意，风险照样存在，甚至更大，因为你更固执了，人生时间也更少了。老房子着火，烧得更快。

二是法律与道德风险。这位姑娘，知道“大尺度直播”违法，但仍然去触碰，只能说她愚蠢。

法律不停在演化，在调整。有些法律你觉得应修订，你可以写文章、论文探讨。但在现实生活的层面，一个人对现行的法律必须有足够的敬畏。以为触碰某些法律没事，或将触碰当作自己的大胆和另类, 那只能是自找麻烦, 自毁前程。

为人处事, 只规避了法律风险是不够的, 还应规避道德风险。道德风险听起来很虚, 可以用一个真实场景具体化: 你做了这件事, 你的父母会引以为荣吗? 你的孩子做了, 你会引以为荣吗? 这位姑娘, 即使警察不找她, 这两个问题她也是无法回答的。就是色情业合法化的国家, 也没有正常的父母希望孩子从事色情业的, 它不是有美誉度的职业, 这点应该明白。

年轻人, 尤其是女性, 略有姿色, 很容易遇见猎艳者, 让你以为只要出卖色相, 或者依附于他, 就能轻松过上好日子。其中很多事并不违法, 但做了, 人生就几乎没有美誉可言, 与你谈这种交易的人, 基本上也不是什么好人, 托付不了人生。赚这种钱刚开始轻松, 后面才会发现是最累的。

年轻时, 不要有那么多花花肠子, 别太爱跟风。本分一点, 实在一点, 看起来不酷, 却最安全, 能走得最远。

要善于勤奋，也要善于休息

一位读者，他属于我很喜欢的那类人，在留言中提道：

“我今年二十七岁，未婚，中专毕业，目前在东莞经营一家小超市，无车无房（鉴于东莞的新政，需缴纳社保满一年方有购房资格，所以要等到明年才能买房）。我在东莞经营这家小店已经二年有余了，除掉所有的开销每年大概有二十万的纯利润。今年因为疫情以及周边环境的影响，营业额有所下降，但大体上还是乐观的。基于低端服务业的性质，一年三百六十五天基本上无法出远门，生活半径很狭小，我担心长此以往自己会成为井底之蛙，视野也会变得越来越狭窄。”

这类人在你我身边有很多，经营一个小店，做点小生意，天天打磨自己的手艺。我们年轻时，因为轻浮，不善于发现价值，可能会小瞧他们，等过了几十年，人生有些阅历，受过风寒，挨过雨淋，见识过足够多的坏人、妄人、虚伪之人，才会知道，这些本分、勤奋的人才是美好家庭与美好社会的基石，是这个民族的脊梁。他们从事的怎么是低端职业？他们是高端的，高端的人做什么都是高端职业。

我现在可以庆幸地说，我是他们中的一员，每天做好一点小事，与他们苦乐相通，有许多共同语言。我觉得人最后一定要走到这个阶段。

我的文字偶像之一，卡尔维诺，有句话影响了年轻时的我，大意是：写作者不过也是铁匠、面包师，他们每天要干累活，你也一样，写得多了，灵感就有了。就是这么简单，写作者不过是手工艺人，自己不要加戏。这是清醒剂，文人圈，浮华、势利、虚荣的比重历来偏大，人很容易学坏学懒，正事不干，甚至文章都写不像样，话都说不清楚，但靠着拉帮结派，互相吹捧，也能混一辈子，还自我感觉特别好，天天要去启蒙别人。不要成为这种可笑又可怜的孔乙己，启蒙“茴”字有几种写法，去做点实事，勤奋一点。

但是勤奋的人容易犯一个错误，就是过于勤奋，全年无休。勤奋总的来说，是正反馈。小超市开着，就有生意，你舍不得关。做小生意的都有这种想法，一休息，店租、水电、人工等费用照付，收入却没了。这点要改，要有强制自己休息的意识，至少一周休息一天，或者法定节假日要休息。休息时睡个好觉，带本书坐着高铁去旅游，一两天跑到千里之外。生意跑不掉的，街坊邻居也不会因为你的休息活不下去。人生不是无穷的，勤奋的目的是为了享受人生，只有勤奋不享受，那是忘了勤奋的初心。

我自己一度也过于勤奋，后来觉得不对，所以我是有强制休息计划的，法定节假日，必须休息。有计划就会去操作。你问我效果如何？效果很好。不要把休息当成可有可无的事，要善于勤奋，也要善于休息。不勤奋是不对的，不休息也是不对的，陶渊明不努力写诗是巨大的浪费，但也要采采菊花，看看南山，那样诗才会写得更好。

3

太完美的未来
不是未来

危机中藏着人一生的幸福密码。

规划未来易做的最坏选择，及其最好修正法

用未来引导自己，这是人的优势，其他动物不会规划未来。但规划能力弱，甚至画了一张错的路线图，也会把自己害惨。自己坑自己，也是人类独有的。

规划未来要记住的大前提是：太完美的未来不是未来。这就像精确到秒的日程表，最后很难完成，因为没有留余地，必须所有事物都配合你，一点错不能犯。有些远郊楼盘，或者环中心城市的楼盘，非常喜欢的一种营销手段是声称其近，比如：离某某城市中心只有半小时车程。你不能说无法实现，在最理想的通行状态，全程绿灯，你又可飙到限速的上限，半小时确实能到。但龟行在真实的交通高峰里，你两个小时也到不了目的地。稍有理智的人，都不会上这种营销的当，也讨厌这种误导，往往会反向理解：住这种地方，可能出行很不方便。

有意思的是，我们在规划个人的未来时，学业、工作、投资，

方方面面，都容易用上面的拙劣营销法给自己洗脑，按照最理想的状态构建一个完美未来。大动干戈开始操作时，发现实现度很低，很快另起炉灶，规划新的未来，但照样犯同样的错误。再三再四以后，时间耗尽，仍然以为自己是理想主义者，还在描绘完美的理想，其实却没有机会了。

犯这种致命错误的原因是，人极容易过于乐观，高估一切有利因素，也高估自己。只想到成功，而没想到失败。百分之九十的成功率，算高的，不属于过于乐观，但百分之十的失败发生在你身上，也很正常。何况过于乐观的计划，成功率往往低于百分之十。

所以，在规划未来时，考虑失败是必要的，这样能让人清醒，能留有余地。

有人愿意赌一赌百分之十以内的成功率，我觉得那是个人自由。人类史上，有些大发明大发现，就是这种赌徒贡献的。但这种赌，一定只能由自己付成本，下注之前，先把欠的债还清。

不得不说，男性的赌性比较强，可能和他们比较爱聊大话题有关。

昨天就收到两位男士关于规划未来的疑问，一位的身份是儿子，另一位的身份是丈夫和父亲。

这位儿子："我是从农村出来的，家庭条件不好，父母五十多岁了还在干苦力，身体也不好。我读博周期太长，以后出来也不能赚到很多钱，可我自己想学知识想做学问，甚至曾经野心勃勃想当院士（虽然资质平平）；不读博又怕错过海洋强国战略的机会，可能以后看到同学们当了院士和大教授，自己会后悔甚至嫉妒，心里不平衡。”

身兼丈夫与父亲的这位，三十三岁，租房住，老婆在带孩子，也考了教师资格在家带学生，很辛苦。但是他想放弃设计主业，去从事自己喜欢的画画，他问道：“我应该坚持选择自己喜欢的事做吗，哪怕和老婆吵架，暂时降低生活质量？这真的是自己非常喜欢，愿意用毕生精力去做的事。”

他们当然是有理想的人，希望他们一直保有这种活力。但他们的计划有两个致命缺陷：一是没有考虑到失败；二是理想要由他人支付成本。一旦失败，家人的生活都会陷入困境。

成熟男人（女人亦是）的做法，是先把家人安置好，使他们免遭贫穷的威胁，然后再去实现理想，即便你失败了，也不会给自己爱的人带去痛苦。这种约束条件很“贵”，或许会让你觉得累，可这正是它的价值所在，它能避免你犯致命的错误，逼迫你脚踏实地。我们应该感谢这种约束，将我们由空想家变成实干家，从过于乐观修正到理性乐观。

丰盛生活是对守信用的奖赏

现在在网上贷款越来越容易，有些人，特别是年轻人，因此陷入债务危机。

有人提出的解决办法是禁止网贷，让人不那么容易借到钱。其实合规合法经营的网贷，本质与银行的信用卡差不多。各类贷款业务发达，是富裕社会的特征，说明可以提供的资金量多。

禁止方便快捷的贷款当然可以解救一些意志薄弱的人，就像把一个人关起来，不给他食物，可以解决他的肥胖问题。但是，那些真正需要贷款的人，要开企业，要暂时"资金过桥"，要解决燃眉之急，如果他们的正当且合理的需求无法满足，将是更大的悲剧。所以，禁止网贷是不现实的，正如不可能把一个胖子强行关起来，你深知，他要有个标准体形，只有靠他的意志力主动拒绝食物的诱惑。

昨天有位读者说，他的妹妹，名牌大学毕业，但是拿了父母的十万块钱去投资朋友的公司，没有下文。借走他五万，也多年不归还，现在沦落到每月三千元的房租也得向他哭诉求助。他问，是否教妹妹理财技术后，她的状况就会有所改善？否则，他很害怕她将来会陷入网贷，无法自拔。

理财技术是最简单的技术。核心就是“欠债还钱”这条天理，这是最基本的普世价值。将来我们在银河系发现另一颗文明星球，也可以马上断定，他们的行为规范里必然有“欠债还钱”。

这条天理，其实在家庭里执行得最差，很多人清楚，欠父母的钱、欠兄弟姐妹的钱，不还，他们最后只得认栽。这也是很多家庭无法真正富裕的原因，辛苦积累的财富最后总是转移到那个欠债不还的人身上，由他挥霍与浪费。

财务出问题的人，根子不在于没有理财技术——因为有理性的人都理解“欠债还钱”，都掌握了最核心的技术——而在于意志力薄弱，同时虚荣心又过强，太想装出一副有钱人的样子。

在收入不足以支撑生活的情况下，他们却要模仿有钱人，用最新款的手机，背名牌包包，出入高档餐厅。分期付款、借一点钱，短期来看，债务压力不大，可转眼就累加到几万块、十几万块。一份工资支撑不了了，于是欠更多的钱，付更高的利息。债务雪球越滚越大，成了雪崩。这是一条最常见的人生毁灭之路。

消费无法让人变得有钱，储蓄才行。这不是说你不要消费，人必需的消费要有；而是要知道，只有你的消费小于你的收入，有了储蓄，你的钱才可能慢慢变多，你也才有投资的本钱。我认为，年轻人每个月存工资的百分之十，是非常重要的纪律与训练。年轻人工资刚起步，百分之十有时候看起来挺可怜的，但更重要的收获并非金钱，是你变得靠谱，你收获了越来越多的信用。在你的同事、你的老板、你的朋友眼中，你是可托付的，你不容易犯错误。这种信任，会使你得到更多机会，获得更高工资。

人要有一定的才能，智商有问题，才能太差，肯定赚不到钱。但有才能却没信用，也没用，有才能的人多了。有才能又有信用，才会引来财富。财富归根结底，是对一个人信用的奖赏。有信用的人，穷是暂时的，没信用的人，富也是暂时的。越是穷，越是年轻，越容易失去自己的信用，一点小钱，一件时髦的新东西，都可以诱惑你。人都要经历这个阶段，学会务实、克制与目光长远。这一课过了，你永远能保持你的信用，你的一生，也一定是丰盛的。

储蓄永远是富人思维

储蓄是穷人思维，消费才是富人思维。这可能是近年来最毁人的谬论，信了，财命也就死了。

财富是怎么来的？让我们想象一下人类的第一笔财富的产生：当时，一群原始人，生产力低下，除了勉强维系生命，一无所有。突然，某一个原始人，由于特别聪明能干，或者掌握了将石头打造成简单工具的技能，他捕获的猎物与收集的植物种子，除了用来养活自己，还有盈余，这就是他的储蓄。用这些盈余，他可以交换其他人的产品，也可雇用另一个人替他服务，不仅生活水平得以提升，也可以有更多盈余，财富就逐渐增多了。

现在是科技社会，我们手里拿的不是石器，而是苹果手机，但财富的产生，其本质和方法，与原始人得到的第一笔盈余毫无区别。你有了储蓄，储蓄的量足够了，你用来投资，比如买了房子和股票，如果你有眼光，房子和股票在升值，那么，你财富增加的速度就开始变快，最后有了富裕的生活。

没有储蓄，你就没有能力投资。有人说，可以借钱投资。确实可以，这是现代金融的便利之处，但借的钱最后还是要靠你用储蓄归还，如果投资失败（这是经常发生的事），你还钱的过程就更艰苦。

又有人说，货币一直在贬值，储蓄的钱在缩水，所以不如花掉。没错，货币具有贬值的风险，这个基本的常识要有，今年存的一百块钱，明年实际购买力可能只有九十五块，但你今年把一百块钱全花掉，你明年的购买力就是零，九十五比零大很多。储蓄是变富的第一步，学会储蓄，是永恒不变的致富思维。当然，储蓄完要学会投资，这是第二步的挑战，投资要能够战胜货币贬值，才能保有储蓄的成果。这就是过去二十年，很多勤俭持家的工薪阶层通过买房实现财富大升级的原因。他们用储蓄交了首付，存钱每个月还房贷，又恰逢国力上升的黄金时代，房产升值远远赢过货币贬值，不知不觉，就成了百万富翁、千万富翁。

中国的国力上升，除了改革开放拥抱市场经济以外，中国人普遍爱储蓄，也是独有的优势，不然，银行没钱，经济肯定发展得慢。把储蓄的好习惯丢掉，等于废掉自己的优势，是很可惜的事，以后发现情况不妙，再重新建立储蓄的习惯，那是由奢入俭，千难万难。

消费是不需要鼓励的。这么舒服的事，人们自己会做。储蓄的人并非不消费，他一生拥有的财富更多，他的总消费量也更高，再俭朴的亿万富翁，消费量也远远大过平均值。

大多数人出生时没有含着金汤匙，像个原始人，两手空空。我们的财富之路、幸福之路，必须由储蓄开始。就是含着金汤匙出生的幸运儿，他也要有能力保障财富的收入大于支出，才不至于坐吃山空，三代返贫，本质上，也得保有储蓄能力。

有储蓄，说明你有能力，能自律，就能保证你明天比今天更有力量，这是百分之百的富人思维，永远都是。

智慧了，能有钱吗？

有读者问："连叔，钱会伴随着智慧一起来吗？有智慧，会不会也能有钱呢？"

能问这个问题，已经是很大的进步。中国人一向耻于谈钱，"把钱看得太重"，一直是贬义的评价。但人们内心深处的感受却是相反的、真实的，如果别人不付自己报酬，在金钱上不公平对待自己，一定会让我们产生不满与愤怒，就像一切重要的东西被剥夺后的那种感觉。

钱是什么？它不只是印着伟人头像的防伪纸片，它代表的是一定量的人的劳动。你工作一个月赚一万块钱，这一百张一百块钞票就代表你一个月的劳动总和（体力的和精神的）。每一张钞票后面，都是人的劳动。不尊重钱，相当于不尊重人的劳动，是傲慢，也是无知。能够大大方方谈钱，考虑它的重要性，这是智慧的体现。

人的诸多能力，过了峰值以后，会随着年龄的增加逐渐衰退，比如头发的生长能力、性能力、体力、肌肉量、对异性的吸引力。但只要你愿意，智慧是可以持续增加的，是一条永远往上增长的曲线。人的主要竞争工具是大脑，智慧的有无与多少，是人与人的主要区别。努力当一个智慧的人，这应该是我们人生的主要目标。

在世俗生活中，有智慧却没有钱，是不是亏了？

不亏。首先，你得了智慧，无智慧的人是很可怜的，看不透事物的本质，没有阅读能力，无法学习升级，无力从事稍微复杂一点的工作，像无头苍蝇一样惶恐，很难得到他人的尊重，人生了无乐趣。有智慧的人，像心理学家维克多·弗兰克尔那样，就是被纳粹关进集中营，他也能发现活下去的意义，不仅抚慰了难友，也丰富了心理学，乃至人类的精神。也就是说，有智慧的人，即使发生了不幸，他也能生发出有深度的思想和有温度的人生。

无智慧的人很有钱，确实有这样的例子，这财力又助长他们的无知、粗鲁与荒唐，令人倍感世界不公。从短期来看，世事有意外，有些人比较走运，无智慧的人也可以走运，或是出生在有钱人家，或是偶然撞上风口。但是长期来看，无智慧的人守不住财富，富人家庭教育失败，子孙愚钝，富不过三代。无智慧的人，虚荣挥霍，愚蠢而自大的投机、跟风、骗局，这些坑他们总能踏入其中几个或是全部，败光财富。你一生常见这种事，眼看他起高楼，眼看他楼塌了。得财有运气，守财一定要有智慧。世界在某个点或许不公平，但长期来看，是公平的，所以，你要保持健康，活得久一点。

有钱是个模糊的概念，上富豪榜的“有钱”，那不一定有了智慧就能达成。但是让自己和家人安定富足，幸福快乐，这是智慧可以达成的“有钱”目标。它的标准并不高：一套住房，一份能让你认真对待的工作，节制健康的生活方式，温暖的家庭关系，朋友尊重你，家人爱你。你肯定做得到。先达成这个目标，以证明自己求智慧、有智慧，在这之上，人生真有无限可能。

不必隐瞒市场的残酷

巴菲特经常告诫投资者不要做空。所谓的做空，就是你认为某只股票价格虚高，先借股票卖出，到它下跌到真实价值时，你再买回股票，其中的差价即为利润。做空思维是常态，你喜欢某件商品，但你认为它将来价格会下跌，你克制当下的购买欲望，等着跌价发生，好省一点钱，这就是做空思维。

不要做空，理由并非不道德，而是太危险。收益与风险完全不对等，最大收益是百分之百，即你做空的股票价格跌到零，而风险却是无限的，股票价格可以涨几十倍上百倍。做空者判断失误，可以一天破产。即使做空者判断正确，可市场偏由情绪控制（这种情况经常发生，市场短期经常不理智，是投票机，多数人发疯，它就会发疯），一只错误的股票也可疯狂上涨，照样逼爆做空者。

我其实佩服做空者的勇气与真诚，相比许多空口批评者慷他人之慨，他们才是真正的批评者，批评对了，让市场恢复理智，批评错了，自己损失金钱。但做空者几乎没有好名声，人们往往把下跌归罪于他们，这也是一种典型的不理智，是王小波先生描述的花剌子模信使：中亚古国花剌子模有一古怪的风俗，凡是给君王带来好消息的信使就会得到提升，给君王带来坏消息的信使则会被送去喂老虎。其实，坏消息和信使并没有关系，市场崩溃和做空者也没有关系。但国王与人们从来都这么天真，这么情绪化，我们也得接受，这就是人性的一部分。

市场有其残酷的一面，这点不应该否认与隐瞒。每天都有员工失业，每天也有企业家破产。这是市场的常态，一个人能力弱，一个人判断失误，甚至一个人单纯运气差，都可能失业或破产。有时技术的进步，会在短期内淘汰整个行业，其中的员工与企业家都得花时间转行。

市场几百年来将人类整体的福利提升到了匪夷所思的程度，但市场每天的局部竞争也产生新鲜的失败者，要求失败者心情好，没情绪，也很过分。市场的好处不是没有失败，而是每个人都可自愿入场玩。你的所得，更多归因于你的选择、你的理智、你的人品、你的才能。正因为人们是自由选择，才能更快从失败的坏心情里走出来，调整调整再出发。于是，失业者开始找工作，破产的老板再创业。

指望市场温情脉脉，没有失败者，那就像指望信使不带来坏消息一样，太天真。市场是人类有史以来最公平的竞争领域，但毕竟还是竞争，没有免费的午餐，只有做得比对手好，你才能得到更多；输了更快恢复理智的人，才能迅速得到第二次机会。输了就怨天尤人，撒泼打滚，那只能一直输下去。

一个无法惩罚失败者的市场，不是市场，可以说这是市场的残酷，但更应该说这是市场的理性。我们的理性越多，风险意识越足，就越能适应市场的竞争，相反，天真、情绪化、不承认现实，几乎注定会失败。

我给你的新年祝词：打造坚持体系

2019年来到最后一天，21世纪完成了百分之二十，世纪初出生的孩子就要二十岁，已是主人翁，时间过得真快。

希望你今年过得开心。

即使你今年过得并不算如意，即使你之前的岁月都不太如意，你坚持到了今天，不如意就不算什么。因为坚持是最大的本事，坚持就有明天，有明年，有下一个十年，有下一个世纪。坚持可解锁新的可能。

坚持让我们留在人生的无限游戏当中，不停打怪，不停升级，常常失血，但总能复活。

技术一日千里，人性千年不变。

以不变应万变。不变是根本，万变是枝叶。

坚持就是最重要的不变。

打造我们的坚持体系，需要几种支持：

一是肉身支持。请维护你的健康，关心你的体重、体脂率和BMI（身体质量指数）。肉身是人生的圣殿，摧毁圣殿，人生信仰就会消失。

二是乐观支持。乐观不是气质，是对世界的正确认识。人类是宇宙的非典型存在，体现在熵减，体现在知识的高速增长。你会失去机会，但未来机会更多，错过了这班车，下一班车很快到来。

三是善意支持。走出低端的利己，它让人像低等动物一样，低端地抢夺、欺骗、仇恨。善意让我们走向高端的利己，你不软弱，你不是烂好人，你有力量，你处于优势地位，但你总是先给予，你为他人创造价值，你改善这个世界，在这之后的得到，才是真正的得到，永远的得到。善意会看走眼，会被骗、被亏待，会遇上不善之辈，这是善良的成本，它帮助我们甄别出真正的合作伙伴，建立善意的生态。善意偶尔遇见恶意，恶意却永远引来恶意。

四是信心支持。相信中国越来越好，就像相信你自己一样，就像相信你的孩子一样。赞美每一个努力的人，欣赏每一家出色的企业。优秀的投资者，第一要件是相信，我们生在这块土地上，将来也死在这块土地上，一生投资于它，要相信这块土地，春天花更红，冬天雪更白，人也更美好。毫无疑问，你有疑惑，你有批评，你甚至愤怒，但你没有诅咒，没有仇恨。仇恨这块土地，巴不得它衰败落后，总认为它的好是偶然，它的坏是必然，那是毒化自己的心灵，令自己失去机会。

用我们打造的坚持体系，迎接新的时光，坚持就会有复利。明天总是比昨天更悠长、更富足、更通透，我们也总是更加相爱。

从"棒棒"买房说起，责任感是最好的系统

重庆"棒棒"冉光辉，可能是十年来最著名的父亲形象。

十年后，再上新闻的冉光辉再次震撼了人们：2016年，他在重庆最有名的地标解放碑附近买了一套房——六十多平方米，四十多万元。离开棚房区搬进新房的一家人，生活水准有了很大提升，新华社的描述是这样的："有了自己的窝，儿子不用再蹭厨房的灯光做作业，妻子也不用担心涨房租和漏水，不愁没地方洗澡。闲暇时光，一家人常聚在一起看电视剧，儿子时常帮爸爸捶捶背，家的温暖让冉师傅很快忘记了一天的疲惫。"

买房的钱，以及房贷，一半靠冉光辉"扛出来"，除了春节休息半个月，他十年如一日，每天清晨五六点出门，下午五六点回家，一天扛货量一吨。另一半靠辛勤打工的妻子，不能因为照片里恰好没有妻子，就忘了这点。

我想，挣钱比冉光辉多的男人，房子比冉光辉家大的男人，中

国有非常多，为什么冉光辉特别具有父亲形象的光辉？那是因为他的成就出乎大多数人的预料，在名牌大学毕业生都在抱怨房价时，他却靠最基础的体力活，解决了一家人的住房问题。

以"棒棒"为代表的重体力活，在现代社会，是"坏工作"的代表，对身体的依赖强，门槛低，强度高，竞争激烈，更年轻的人，力气更大的人，还有机器，总会随时取代你。要靠"坏工作"买房子，其后的"好系统"起到了更关键的作用。

社会稳定，经济持续发展，这大背景肯定要，这点不多说。

个人的"好系统"是什么？是责任感。"棒棒"在重庆买不起房，我想，没人会怪，妻儿也不会怪，大家心里认了这个命。这一代人没有能力在重庆立足，下一代人的出发，只能从乡村，从小县城，从出租屋。但冉光辉的责任感超强，这点让他的能量超出阶层限制，已经将近五十岁的他，相信自己可以依靠体力供这套房子。很多人手握百万现金，也没有他这种相信自己的力量，总在问：房价跌了怎么办？失去工作怎么办？生病怎么办？从而宁愿让家人无立足之地。冉光辉没想这些？不可能，是人都会想。

冉光辉有一丝一毫这种胆怯与犹豫，他就不可能有房子。

未来是有不确定性的，从对待未来的态度上，可以区分出两类人。一类是恐惧者。你给他再多，他都恐惧。甚至给他越多，他越恐惧，他总认为不确定性将剥夺他的一切，他们将失去责任感，最后给家人与身边的小环境灌输恐惧，抱团瑟瑟发抖。

另一类是乐观者。这类人并不怕起点低，只要让他进门，他踮起脚能够得到，他就敢上一个层次。他承认未来有风险，但未来的收益将大过风险，收入会更高，机会会更多，孩子将更有出息，现在的问题，以后都不是问题，这才是一家之长该有的精神气质。他是一个抚慰者、激励者，无论他做什么，“棒棒”也好，董事长也好，他让人不害怕，有希望。孩子握着他的手，就像手机连上充电宝，不再担心。

没人应该许诺我们一个无风险的未来，这超出了物理规律的许可。人类每年都有二十五万分之一的概率灭绝于小行星撞击地球，比一个人死于空难的概率更高。这意思是说，任何风险都有一定的概率，在一个健康的思维中，应该接受这些合理的风险，它们往往不会发生，如果发生了，就兵来将挡，水来土掩。真特别倒霉，你供的房子被银行收走，你不得不重新租房住，那至少你拥有过，尽了人事，你只是回到起点重新开始，与你在起点从来没开始，还是一样的。

让责任感驱动你，这样你会变得更靠谱，你的未来会更美好。

年轻人都要有“百万富翁计划”

昨天有位读者朋友说，他想制订计划，在不远的将来成为百万富翁。

我很喜欢这个朴实的想法，我甚至认为，刚刚工作的年轻人，都应该制订自己的“百万富翁计划”。

在一个持续发展的经济体中——中国目前就是这样的经济体，而且超级巨大——成为百万富翁，不是能不能的问题，而是想不想的问题。遗憾的是，很多人没有认真想过这个问题，同龄人想了还会觉得他挺可笑，笑多了，那个想的人也就不再想了。于是就少了很多百万富翁。

中国有很多市场机会还没释放，这在将来都是机会。中国的城市化正在进行中，十年、二十年后，达到平衡的规模，也不意味着城市化结束了，城市像个生命体，自身的进化永不会停止。就像北京、上海，这几年的人口增长可能停止了，甚至减少了，但谁也不会说这两个城市就没机会了，它们已有的规模就能提供大量的机会。

在中国好的城市，百万富翁计划更容易实现。因为在这里，百万不过是一套小房子的价值。

你的计划应是这样的：

先找到一份工作。这不难。

敬业一点，认真一点，凡事抱着比人多做百分之五的心态，这样你就能保住工作。这也不难，这还是应该的。

强制自己储蓄，你不是那个能随便花钱的大学生了。这个习惯改变有一点点难度，但总的来说，也不难。

三年以内，甚至更短，你的储蓄将超过十万，这时候，家里凑一点，再一般的家庭，给个十万也不难，好朋友再借一点，首付就出来了。有意思的是，虽然借钱很难，但是年轻人凑首付，愿意帮忙的人会很多，这是你靠谱、进取、有责任感的体现。再说，你是有产者，信用升级，人家也不怕你赖账。

再过三年，债务还清，由于能力增长，工资增加，月供已毫无压力。你实际上已经很笃定地拥有了百万资产。

此时，那些没像你一样计划的同龄人还在“月光”，你们已经属于不同阶层，他们甚至不能理解你的观念——这很正常，靠想象无法理解百万富翁。你的百万资产，它的价值不只是金钱，更是你在积累财富的过程中得到的格局、视野与方法，这才是最值钱的，你以后一再重复利用它们，就可以走上财富增长之路。

在现实中，你会遇到很多笨蛋，他们也能混下去，不缺吃不缺穿，这是世界变好的例证，在匮乏一点的时代，他们早饿死了。有这么多机会，人生只满足于当一个笨蛋，那太浪费、太无趣，但是若没有计划，随波逐流，人云亦云，一惊一乍，大概率会变成笨蛋。

市场经济是友好型的，中国从官方到民间态度一致拼经济，这是更大的友好。年轻人不是机会更少了，而是机会多了，将来还会更多。市场分工细化，积累知识，结果就是机会更多，财富更多。你要做的，只是制订一个财富计划，并坚定地完成它。

危机教育：幸福是容易的

人不应该主动制造危机，但是如果危机已经发生，我们反而可以抽离出来，观察自己与他人的反应。这可以告诉我们一些最本质的答案，让我们知道人生中不可或缺的因素是什么。正如丘吉尔所说："永远不要浪费一次好危机。"

新冠肺炎疫情发生时，人们普遍的反应不过是这几件小事：自己的家人不要得病；财务撑得住；工作保得住。还有一件大事：希望自己所在的国家及全世界迅速走出疫情，恢复常态。

这些小事和大事，就藏着人一生的幸福密码，把它破解一下，就知道幸福是容易获得的。它只是一些常识，只要你维护住，幸福就必然发生。幸福并不需要特别聪明地解决难题。

第一是身体健康。现代人最大的健康隐患是肥胖及缺乏锻炼，你把BMI控制在健康范围，每天保持一定的运动量（散散步即可），克制饮食，保持适度的饥饿，这点就解决了。

第二是财务健康。这不需要很厉害的投资技巧，现代金融方便快捷，按一个“确认”就可以转走所有财产。我们反而需要避开“厉害投资术”的诱惑，否则上一次大当就得破产，财务经不起这样的清零重来。

所以，不管经济起起伏伏，最适合普通人的健康理财就是去供一套房子。无论在哪里，努努力，都买得起房子的，不过是大小的差别。这样把你的钱锁住，也省得你胡思乱想，以为自己很厉害，把钱败光。真厉害的人，怎么可能连自己的房子都没有？先从一套房子证明自己。

能量大，供房耽误不了你。能量小，一辈子只能供套房，那也可以保证你有相对高的生活水准，有房子住了，其他花费并不贵。下班回到家里，炒几个菜，喝一杯小酒，和家人聊聊天，天天睡得香。这样的生活不是很好吗？这样过一辈子，世界也没有亏欠你，在此之前，没有几代人有这样的安稳日子。自视甚高的年轻人（主要是男青年）一定要想清楚这点，从小能量开始积累，才能达到大能量。

至于工作，这个世界是不缺工作的。只要不虚荣、不怕麻烦、眼里有活，你一定能够保住工作，你一定能够找到工作。

经济烈火烹油时，容易忽略这些常识，危机能够让这些常识回归。痛过一次，惊过一次，再忘很难，在下一次危机到来时，你就可以从容应对。可以确定的是，总会有下一只黑天鹅，只是不知何时，不知何地，它就会飞来吓大家一跳。

这些小常识守好，也有利于自己理解大常识，那就是我们要对这个世界报以善意。一个人有事没事憎恨自己生长的土地，成为自恨者，你不可能发现这里的机会，你也更难得到善意的回报。你可能看过《傅雷家书》，其中最触动我的一个细节是，处境已经不好的傅雷交代傅聪，即使暂时失意与痛苦，也永远不要与自己的母邦为敌。傅聪遵守了，没有陷入仇恨。这是超越个人恩怨的大智慧，但愿每个人都有。

大常识有，小常识守得住，你就不怕任何黑天鹅。

对一切发财梦都应进行“有罪推定”

现代金融业非常发达，随时可以投资，随时可以借钱。冲动的决定非常容易实现，这也让人犯错的可能性增加了，尤其是没有财务常识的人，一两次错误就得花费数年时间去弥补。不及时改正，一直犯错，一辈子都得在坑里。

当然，解决办法不是仇视现代金融业，认为取缔现代金融业就天下太平。这就像为了避免发生性侵阉割所有男人一样，性侵可能解决了，但是两情相悦也没了，人也灭绝了。现代金融业将越来越发达，只要我们建立基本的财务常识，就能享受它的便利，同时避免犯错误。

基本的财务常识，并不需要你钻研几本书，知道事情的基础概率就行。基础概率听起来也很吓人，其实不过是常识概念。我认识一位老太太，很有钱，对亲人也慷慨，但从来没有人能够骗走她的钱。面对各种诱人的项目和利息，她的法宝就是问一句：“为什么他这么能赚钱？为什么我做不到他却可以做得到？”不靠谱的人与事，经不起这种问。这种问里就隐藏着基础概率，即人的本事与能力都有个平均值，融资人听起来太厉害，就违背了这个基础概率，把他假设成骗子为妙。

媒体经常报道这个风口、那个风口，把人撩拨得以为追上了风口就可以坐着收钱。你想想看，真有这么好的事，那些记者干吗吭哧吭哧码字当标题党骗点击率？不早飞在风口了？这世上没那么多风口，踏实做事才是不变的风口。

常有读者问，连叔，帮我看看这个项目靠不靠谱，我怕错过机会。其实错过机会没有关系，避免被骗才是最重要的。太怕错过机会，这心理是骗子最爱的，你已经倾向于相信他天花乱坠的描述。要防止犯错误，你就要记住基础概率。有个简单的方法，今年的GDP预期增长率，就是你今年评估一切收益的基础概率。世界银行、国际货币基金组织预估今年中国的GDP增长率为1.2%，这意味着你的收入增长、你的财富增值能战胜1.2%就是胜利。若今年是保命年，却有人告诉你这个高收益，那个躺着赚，他哪来的本事？是傻子或骗子的可能性更大一些。

我为什么老劝年轻人买房？这也是防骗术、长能力的好办法。当我们年轻时，容易高估自己，也不愿踏实干活，总以为自己是顶层人物，能策划，爱指导，要一鸣惊人，一夜暴富，什么钱都敢借，什么坑都敢跳，一不小心就被骗，甚至自己也变成骗子。只要供了房，马上就踏实了。逐月还贷，努力工作，三五年后，浮华去掉，一个人才就诞生了。

一个认真做过事的人，一个辛苦赚过钱的人，一个于私于公都靠谱的人，谁也骗不了他。

刚需买房忌想太多

下面这位朋友的犹豫不决，是许多买房刚需者的常态：

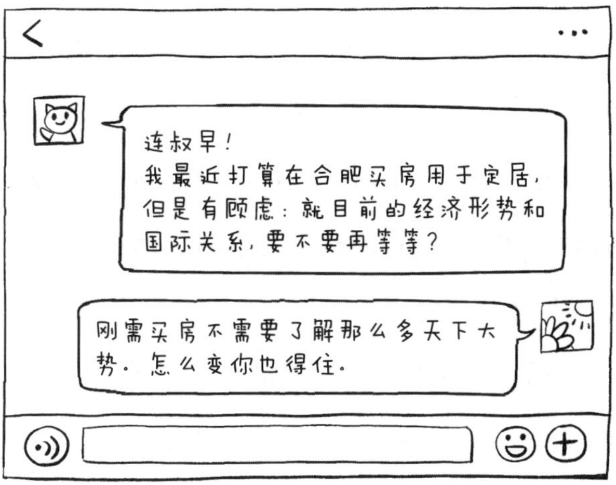

这心态可以理解。刚需买房，基本是人生的第一次买房，要在最没经验时支出最大一笔开支，这导致你对价格波动的承受力极弱。

市场一定有起伏，即使长期上涨的市场，也是在曲折中前进。房子的价值大，正常起伏几个百分点，就是几万、十几万、几十万。你买入后，心情若随波动起伏，一下涨好多钱，高兴得睡不着，一下跌好多钱，害怕得做噩梦，甚至别人的房子涨得比你的快，你都急得抓狂，这就把好事变成了坏事。房子没给你带来安宁与幸福，只有无穷算计后的苦恼。

买房记住几点简单的判断就行：

一、人天生需要房子的庇护，尤其是成家的人。满足这种安全的心理需求的责任感，是初心，高于投资。就像把你和家人扔到孤岛上，你也会搭个小木棚，或找个小山洞布置得舒服一些。这里没有市场，小木棚、小山洞都赚不了钱，你心甘情愿去做，就是因为必须保护家人。在市场里，也不要忘了这个初心。家人在哪里长住，总是需要房子的。

二、现在的市场对刚需购房者最友好，不可能更友好了。政府为了保障刚需购房者买房，禁止其他投资者进入市场，那些有钱的、有经验的、承受力强的，都不再是你很难赢的竞争对手。

三、在经济发达的中心城市（标准粗暴一点，比如说省会或同等级别的城市）买的房子，大概率是保值的。是否升值，那得看运气。

买了房子，有了人生根据地，好好享受，好好工作，让自己和家人的生活上一个层次。其他的事，尤其是天下大事，不要想太多。

天下大事往往不按牌理出牌，一般预想不到。今年谁能想到有全球新冠疫情？

大事出现后，它的评价与结果，也可能出人意料。比如疫情之初，多少人觉得中国要完蛋？可中国做得越来越好。在这种好结果面前，有些人却不会改变想法，还在等着盼着中国完蛋。也就是说，如果你自己没有主见，等着大事给你一个标准答案，那是不可能的。尤其是在信息社会，你总能看见相反的意见，你不坚定，你就无法做任何决定，最后死于信息泛滥。

别想太多，对的事情，做就是了。买房子庇护家人，永远是对的，在现在这个和平繁荣的走上升之路的时代，尤其对，那就赶快去做。

一条最重要的财务常识，也是最重要的成长常识和幸福常识

几个月前，江苏有对年轻夫妻（男的二十八岁，女的二十六岁），携两个幼儿自尽。警方几天前通报了基本情况，这对夫妻经济收入较低，仍向他人借款，从银行贷款购买轿车，大额购买体彩、福彩。

超出自己承受能力的债务摧毁了这个家庭。这对夫妻行事极端，但是他们面临的风险，却有普遍性。在金融业高度发达的当下，一个人在信用破产之前，借钱很容易，鼓励、诱惑人们超前消费的广告也比比皆是。借到钱马上可以获得满足，拥有奢侈品、汽车，产生阶层上升的幻觉。或者投入到“迅速致富”的行当中，比如放高利贷、大额购买彩票、传销、加盟各种高回报的神奇项目——这些缺乏风险意识与概率常识的冒险，几乎必然失败。把借的钱败掉容易，还钱却很艰难，只要债务超出偿还能力，利滚

利的债务就会迅速收紧绞索。

对有些年轻人，或低收入者，几万块债务就足以让他绝望。一个人要想健康成长，慢慢致富，那么，绝不借超出自己偿还能力的钱，就是一条不能破的底线。这是最重要的财务常识，也是最重要的成长常识和幸福常识。不坚守这点，即便是成功人士、风云人物也会摔倒。只不过是年轻人借几万十几万，他们借几亿几千亿，一旦还不了债，亿万身家蒸发，庞大企业垮台，结局倒是同样的一无所有。只不过年轻人还有机会，自己愿意改，长辈帮一把，那些债务不算大事，摔倒了可以爬起来。年纪大了，搞一个大的债务，那就再无机会，摔倒等于摔死。

倒不是说人不能有债务。比如不向银行借钱，绝大多数人一辈子也买不起房子。房贷几十万几百万，看起来很可怕，可是借钱给你的银行不害怕，他评估过你的信用与能力，知道你还得起，万一你信用破产，房子还在。向银行借钱的你也不害怕，你知道随着自己的能力提升，收入增长，还钱会越来越轻松，万一有意外，房子卖掉，就能还债。这种借贷双方都得益、都不害怕的债务，就是良性债务。人倒是要有勇气去承担良性债务，否则，人就会犯吝啬的毛病。孔夫子说了，如果人吝啬，才华再美也没用。而最大的吝啬就是苛待家人，让他们不能安居。

不良债务，要有一分不借的定力；良性债务，要有一定敢借的魄力。这种分辨力很重要，但并不难拥有。那些认真工作攒信用的人；不炫耀，不虚荣，供着房子的人，都有这种能力。这些人的一生注定是富裕的、幸福的。

如何看好你的钱

在科技发达的现在，钱的流动异常便捷，转一分钱与转一亿元，速度几乎是一样的。换成实物的话，没有哪个劫匪或小偷搬得动一亿元。钱是手机上的一串数字，地主家的傻儿子败光一亿遗产，也容易得多了。

常有人感叹挣钱又不容易又慢，但没人感叹钱丢得又不容易又慢。钱丢起来总是很快的，在你反应过来之前已经没了。

不久前，有位读者写邮件告诉我，他如何在几天之内被人骗走一千多万。骗术很老套，骗子让他加入一个群，号称有所谓的高收益投资项目。刚开始他试探性地投了点小钱，收益总是能及时到账，当他愉快且急迫地打进一千多万时，一切都消失了。最后他问我，这些钱还要得回来吗？

说实话，我看到这种骗局已经没有感觉了，因为看得太多了。骗子可恨固然是一方面，受骗者执着上当也是一方面。我不止一次警告身边那些准备上当的人，那是骗局，老套的骗局。可他们不仅不听，还以为你要挡他财路，颇不愉快，真到被骗得精光时，他们不恨骗子，也不反省，反而认为是警告者把事情说坏的。

我支持抓骗子，但骗子是抓不光的，抓了旧的来了新的，骗子将一直活在人类之中。我们要不上当，守护好自己的财产，最好的办法还是提升自己的守护能力。

有年轻人遗憾自己不是富二代，财富之坡爬得辛苦。能当富二代是幸运的，不过也额外多了变败家子的风险。没尝过积累财富的艰难，手里又有些钱，人人奉承，见识与人品若有不足，则会加倍放大，很快，一个富二代就变成了穷一代。打江山易，坐江山难。发财难，守财更难。能量大了，智慧跟不上，财富必然逃逸。

年轻时缓慢积累财富，是很苦，可这苦在告诉你财富的本质：它是你技能、耐心与见识的总和。不能熬这个苦，突然给你一大笔钱，也得败光，德不配位嘛。

如果有人告诉你这里有快速致富的方法，那里有财务自由的妙招，可以让你消除这个苦，你动心了，那么，你就白吃了这个苦。最后，苦吃得更多，钱却没了。

一只股票能翻番，某项事业可暴富，有这些秘密，自己闷声大发财不好吗？为什么给点钱就告诉你？

真正的致富经都是平淡无奇的、毫无秘密可言的。不就是巴菲特说的大白话：买家好公司的股票，耐心持有。同理，什么是好爱情？爱一个好人，耐心陪伴。什么是好事业？做一件好事，耐心长进。

怎么才能发现好？这需要你的学问、人品与判断力。所以，归根结底，努力工作，多读好书，结交君子，持之以恒，自然品位提升，财富增长。跨过一个临界点后，你会越来越顺畅，火眼金睛，百毒不侵。

财务自由，财务不自由，人生幸福

几天前写了一篇《量化财务自由》，有些读者看了之后很焦虑，因为那个标准，自己一生也达不到。

财务自由确实是少数人的事，但财务自由不等于人生幸福。理解了这个关系，焦虑就可散去。

财务自由的人，有两种人生状态，一是幸福，一是不幸福。

昨天看到一则新闻：赣州一个八十多岁的老人买彩票中了一千多万，结果四个子女因为这笔钱的分配问题产生隔阂，老人自杀了。在这个极端事例中，钱变成了不幸福的诅咒。

钱是个放大器，它可放大一个人的优点，也可放大一个人的缺点。为什么有些人有钱就变坏？那是他身上的坏因素被钱放大了。财务自由了，变得霸道、爱欺负人，甚至伤害家人，或利用自己的财务优势去引诱、败坏一些涉世未深、观念不稳的姑娘。这种事例，不说比比皆是，也一点儿不罕见。这种人生幸福吗？

我不觉得。一个人钱多起来，与他接触的人却更不幸了，瘟神一般，这怎么是幸福呢？这有违天道，长久不了。

财务不自由的人，也有两种人生状态，一是幸福，一是不幸福。

努力一生达不到财务自由，不是什么大遗憾。这不过意味着人在更有限的条件下达到幸福。比如悉达多说自己只有三种本事：会斋戒，会等候，会思考。这样在饥饿的状态下也可获得幸福。

多数人当然不必追求悉达多式的活法，一天一顿饭，有时两天才能等到一顿饭。世俗社会嘛，物欲过淡，经济发展不了，所有人都坐在菩提树下思考，也不正常。所以，大多数人与悉达多比，都是大富翁。吃得饱，穿得暖，能识文断字，有一份收入，即使财务不自由，幸福也不难获得。

幸福往往是生活方式与观念的问题。

一个爱家的爸爸，财务不自由，他在努力工作之余，天天温暖地和家人共进晚餐。另一个财务自由的爸爸，不顾家在外胡吃海喝，夜夜笙歌。前者更幸福吧？

一个财务自由的人，以为看得起最好的医生，便毫无顾忌地糟蹋自己的身体。一个财务不自由的人，科学生活，爱惜身体，无病无灾过一生。后者不仅更幸福，还因为身体健康，自由得多。再说了，你要作死，弄出一身病，钱再多也救不回你的命。

你对孩子说话和气，能耐心陪伴他，及时回应他，你就是孩子眼里的好父母，即使你买不起昂贵的玩具。反之，你的钱不能让你的粗暴与冷漠变得可爱。

你是一个有责任感的人，即使财务不自由，也能给家人安全感。

挣钱不易，财务自由很难。你今天下决心追求财务自由，这愿望今天实现不了，可能今生都实现不了。但你今天想当一个负责任的人，一个好人，一个生活健康的人，一个说话和气的人，一个体谅他人的人，那么，今天就可以实现，今天就能给自己和家人带来幸福。

财务自由是能不能的问题，人生幸福是想不想的问题。

4

我们为什么不爱自己的工作

对待工作最好的办法就是精通它，而不是不停地逃离它。

获得高收入的方法

昨天有人认为，只要能通过司法考试，取得律师执业资格，借一百万读书是值得的，因为“几年就回本了”。

我告诉他这不可能，律师业也就是全国平均收入水平。

结果后台收到不少留言，劝说我改变想法，理由大概都是：我有一个朋友是律师，收入高！我有一个朋友的朋友（孩子、亲戚）是律师，高收入，所以律师业是高收入行业。

我认识的律师，可能在全行业里都能排到前列，我对优秀的高收入律师的理解，不夸张地说，要排全行业前三。不太需要别人给我新鲜的事例，因为连太就曾是个优秀的、敬业的、收入比较高的律师。她当时的工作强度大到我们都不太可能安静地吃一顿饭，一定会被工作电话打断。一个案件的卷宗，动辄几千页。这是优秀律师的常态。这么工作几年，能力当然会被练得非常强。但我认为，它并不划算，所以是我一再劝她放弃律师业，这份高收入，我们不要了。同样的才能，我们做别的事，收益更高。

我觉得她还是幸运的，因为努力有回报。有很多律师也很勤奋，但是因为有短板，或情商低，或智商不高，或人品有欠，最后的回报很差，养活自己都成问题。好坏律师平均一下，这个行业的收入不高，和他们的付出比，不太值。

伟大的投资家芒格——巴菲特一生的合伙人——曾经是个律师，以他的聪明与人品，当然是出色的律师，他智慧的地方体现在迅速看到律师业是不值得投资的：它对你的才能要求非常全面，但你的工作环境很糟糕，接触的都是处于矛盾冲突中的人，甚至是人渣、恶棍。

杰出的人物就是这样，他能发现系统无法更改的弊端，避免被它吸进去。这就是反向思维：当你知道人会在什么地方死掉后，就不要去那个地方。

一般人刚好相反，只看得到个例，“我有一个朋友……”就能成为足够的证据，进而得出普遍性的结论。这种习惯很容易被偏见和误解锁死，因为个例总是戏剧性的，令人印象深刻。当我们逐渐成熟，摆脱这种思维习惯，更多用概率思维看待事情，甚至还理解了贝叶斯定理，那就不会有“进入某个行业，就能轻松赚大钱”的想法了。因为世界上就没有能轻松赚大钱的事。当个律师，一年轻松赚几百万；当个公务员，可以轻松贪污受贿；当个医生，天天收大红包。真当了，发现不是这么回事，还觉得世界欺骗了你。就像有人写了一个月公众号，就来问我："为何我的粉丝还没有暴涨？"我写了那么多年，都没有暴涨呢，我怎么知道，我只知道写作这行，绝大多数人一辈子是白忙。

在美国制裁华为之前，华为的工作强度还一直被人批评，虽然华为给了员工高工资，但有些舆论还是认为不能加班呀，不能那么辛苦呀。在这场制裁风波之中，打不垮的华为成为中国企业的象征，那种声音才小了。可能大家还是意识到，一家强大的企业，一家给自己员工高工资的企业，辛苦一点是正常的，不然还没被别人制裁，就先被自己吃垮了、懒死了。

高收入从来没有办法靠别人赏赐给你，就是贵人提携，给你机会，你也要有能力把握机会。高收入从来都是自己主动建立竞争力与"护城河"得来的。再光鲜的行业，都不是只要混进去就能有高收入的，这种行业的竞争者多，对混子的惩罚会更严厉。

我们为什么不爱自己的工作?

这几天,收到几条对自己工作不满、怀疑与抱怨的信息:

有深圳的软件业者,为了买房,想创业进入母婴行业与食品行业。

有腾讯的硕士学历程序员觉得自己不能“游刃有余”,成长空间不够,打算考公务员。

有个厨师想交五万元培训费,学编程,去日本赚了钱再回来做厨师。

应该说,这些抱怨经常出现,因为“别人的职业更美好”是一个典型的思维误区。人对自己所从事职业的局限性,有比较深刻的认识,甚至会夸大这种局限,这也是一个有利于自己逃避的借口。人对他人从事的职业,印象来自其中的高手和成功者,会夸大其美好程度。在这种变形的对比中,怨气自然会加重,改行的冲动也会更加强烈。

对比是认知的重要手段，越精确，越严密，则对比的效果越好。所以在对比之前，都会强调“在同等情况下”。一个郁闷的程序员，不应和一个飞黄腾达的公务员比，应该和一个郁闷的公务员比，如果在此时你还有强烈的角色转换冲动，那可能比较真实。我是这个行业的普通人，那就应和梦想行业的普通人比，处境有无改善，才体现得出来。我相信，对比的结果将显示，很多梦想的行业将不再是你的梦想。

人进入另外一个行业，处于劣势，因为你是新人，是业余选手，向资深的专业选手挑战，胜算显然低一些。当然，如果你是一个绝顶聪明的人，很多规律可能不适用你。但是一个绝顶聪明的人，一般在自己的本行也能享受到成功的乐趣，改行的冲动反而不大。

投资家索罗斯，无论你喜不喜欢他，可能都得承认，他是一个绝顶聪明的人。他有一个特点，就是能真诚地承认自己经常犯错误，自己有很多弱点。这可能是聪明人的特征，知道自己的智力在巨量的未知与不可预测的随机面前，有时候不堪一击。聪明人不可能没有风险意识，不可能不防备失败。而聪明人最大的风险就是太依赖自己的聪明。

对待工作最好的办法就是精通它，而不是不停地逃离它。对工作最大的误解，就是认为必须喜欢自己的工作。没错，很多人选工作是因为兴趣。但是再有趣的事情，只要重复的时间够长，都不会有多少爱。工作出色的人，往往不靠爱这种激情。

人爱的不是工作，人爱的是工作给自己带来的东西。工作有了收入，你就有基本的独立，你买到了工作之余的时间，可以阅读，可以思考，可以旅行，可以做自己喜欢的事。如果你爱一个人，有了家庭，工作能够让你履行自己的责任，工作是老婆的新包，是孩子的奶粉，是每个月的房贷。所以你不必爱你的工作，也可以把工作做好，做成业内高手。

你每天早上匆忙去工作，比约会还急，并不是因为爱工作，而是爱你刚刚离开的家，爱那些你爱的人。想清楚这点，对工作就不会不耐烦，也知道了工作没有和你谈恋爱的义务。

你我皆凡人，小事里修行

一份工作，不骗，不抢，不偷，不损害他人利益，最好的工作态度就是爱它，将它当成终身事业来经营。爱工作与爱生活并不是对立的，而是一致的。很多人以为，我把工作应付过去，我的生活可以精彩，这是错觉，一个人在工作中精神败坏，其他一切也将变味，正如有一处溃烂的苹果，就是一个坏苹果。

经济越发达，分工越精细。分工越细，意味着每一个人的工作就会越来越“琐碎”，你负责的只是漫长产业链中的一个小环节。在日复一日的重复当中，人容易厌倦，产生“做这点小事没有实现我的价值”的感觉，于是越来越应付，等着大事来找自己，结果连做“小事”的资格都没有了。

这世上是有人做了大事的，但他们有耐心从小事开始推演，像多米诺骨牌一样，一件小事解决完美，引发下一件稍微大一点的事，如果他能力足够，每一件难事都能解决好，就将引发巨变。大事不是想出来的，不是规划出来的，大事是靠能力与品格自然演化出来的。

世上大多数人一生不会做大事，你我皆凡人，注定做小事。正如我的命运就是每天早上写一篇小文章，我就应该把它做好，不应该想着我要当大诗人、大作家，去文学史上留位置，然后看不上当下的工作，自轻自贱。要向几十年都敬业的早餐店主学习，把豆浆、油条做到极致，给人满足，给人热量。他若豆浆不热，油条不松，借口是为远大理想努力，我们照样会很生气，从此不再照顾他的生意。

偷懒的人不爱自己的工作，轻视自己的工作，那是在找借口。如果你不偷懒，却因为自己的工作是“小事”，没那么高大上，似乎没有影响这个世界，也开始轻视自己的工作，那么，你应该转变想法，学着欣赏自己，肯定自己，就像这位朋友一样：

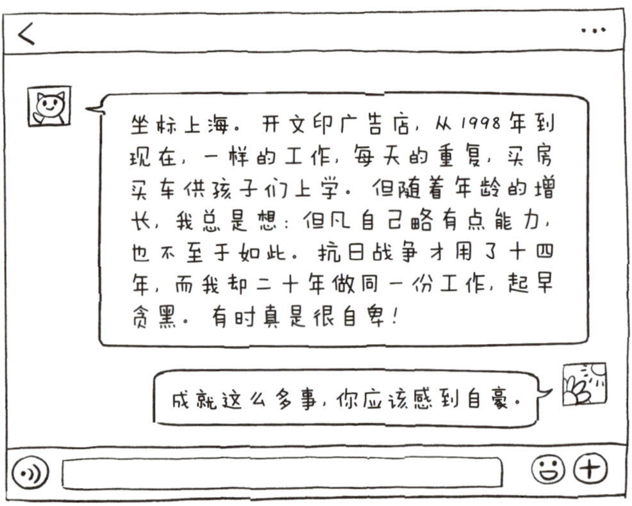

在上海买房、买车、培养孩子，这是了不起的成就，绝大多数中国人想想都会觉得自己做不到，但靠踏实经营文印店，做到了，这怎么会没有意义呢？这比大企业家买房买车更有意义。其他凡人受到鼓励会想“看来，我把小事做好，也能生活得好”。以为做好大事才有报酬，想起来都沮丧。这个经历也会让孩子建立起对世界、对自己的信心：我能在任何地方立足，我父母证明了这点。

人生是一场修行。这是一句套话，也是一句真话。人这一生，会被分配去做什么事，我们并不知道，有人当和尚，有人写文章，有人开文印店，有人当探险家，有人决定大事，有人成就小事。而所谓的修行，就是把我们当下的任务完成好。有这肉身，则爱这肉身，有家人，则爱家人，有工作，则爱工作。在这爱中创造价值，利己利他，殊途同归。

人要有挨骂的能力

歌德曾认为，国王对普通国民的愚蠢批评不应该生气，与此同时，国王也不必多向国民解释自己的治国方法，想清楚了就去做，因为普通国民的格局、见识都有限，并没有能力理解国王。这种精英思维，不符合现在的一般认知，但它始终符合沟通规律，有智力上的合理性。

它也说明，一个人应该始终想清楚自己最重要的角色是什么，不应浪费自己的任何一丝心智资源，包括你的愤怒。你没看错，愤怒也是心智资源，人应当有适当的愤怒。没有愤怒的人，他的自尊不值钱，太多愤怒的人，他的愤怒不值钱。

某种程度上，在你可以主宰的范围内，你的作用类似于国王。一个人要完成自己的责任，任务比国王还难一些，因为你毕竟没有国王的惩罚权，这对智力的要求、对情绪掌握的要求，就更高了。优秀的一家之长，比例不高，就在于其标准是优秀国王的标准，大多数人只能当个坏国王。

有位读者展示了他的情绪控制能力：

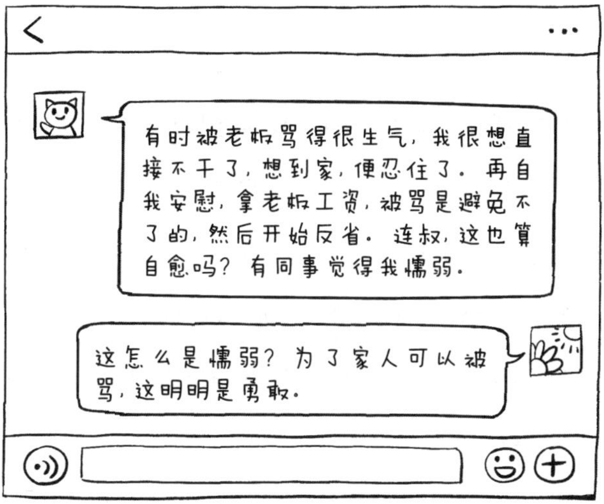

他是一个好国王。一个人被骂（批评），本能的反应就是辩解。没人喜欢被骂，但遗憾的是，我们从小就得被骂，家长、老师、老板，都可能骂你，就是最后当了真的国王，也会被国民骂。换言之，具有一定的挨骂能力，也是一个人必须具备的基本能力。一被骂就崩溃，或反应过度，或自暴自弃，都履行不了自己的职责。

作为成年人，被老板骂是最常见的。你心情不好的同时，有几个判断必须瞬间完成：

一、他是不是好老板？好老板表面千差万别，可能衣冠楚楚，可能不修边幅，可能谈笑风生，可能沉默寡言，可能脾气火暴，可能谦逊有礼，但他们的共性是不会亏待你的付出，钱给得够的老板就是好老板。不给钱，理想谈得再好，你也不要忍他。

二、我能不能保住自己的工作？这才是被老板骂的深层恐惧，尤其是被错骂，更觉得委屈。其实老板还愿意骂你，反而说明工作保得住，懒得骂你，才是暴风雨的前奏。被错骂很常见，你在合适的时候展示一下自己的工作成果即可，老板意识得到错误，他未必会给你一个正式的道歉，但心里对你的评价一定加了分。当然，如果是因自己工作疏忽被骂，则要警惕，同样的错误多犯几次，工作可能真的不保。

三、怂恿你“勇敢”一点的同事，最可能是“职场毒人”，他们会利用你的怒气，发泄自己的怨气。被老板骂了，自己保持安静，不四处抱怨，可降低被利用的风险。

将以上三个问题想清楚以后——一个成熟的人，这个想清楚的过程在五秒钟左右——你脑海里此时应该浮现出家人的笑脸，你要对他们负责，你能被骂，不是因为怕谁，而是因为有人可爱。

说说职业护城河，兼论公务员是不是跳板

有个读者想把公务员的工作当成跳板，也就是，以后一定会做别的事业，只是暂时将体制饭当成避风港。他问这种规划合不合理。

这种想法似乎在年轻人当中还挺普遍，但它是错的。

在我十来年有单位的工作经历中，我当过老师、公务员和记者，在三十二岁时成为自由职业者至今。

头尾三年的公务员经历，我没有一点混或者将它当跳板的想法，我工作很努力，年纪轻，但每年能独立完成检察院的总结与人大报告这类大稿，在信息与宣传工作上遥遥领先。我当过先进工作者，与同事关系融洽，检察长也挺喜欢我，是一个称职的公务员。后来有个当记者的机会出现，由于个人更喜欢文字工作，才坚决要求改行。

如果我是一个混子，就不会有改行的机会，改行的要求也未

必能够得到批准。没有这次改行，就没有后来的不停迭代，我现在也不能靠文字吃饭——它未必是多好的行业，却是我喜欢的。人生是一连串的反应，某一环节随意了，后面的事情也不会发生。

公务员是政府雇员，确实比较不容易失业，确实有不少混子，只要表面上不犯错，你就拿我没办法。但当混子败坏的是自己的精神，还会失去同事的尊重，也很难振作起来去实现所谓的理想。这样不甘不愿、不三不四的状态，表面是占便宜，实际上是丧失一切能力，包括你在体制内的能力。从内到外，你都不会再有什么机会。

一个人当公务员，我认为有两种正当理由。一个是最正当的理由：你真有用权力改造世界的梦想，就去当公务员，在努力精进的同时，等候贵人提携和机遇降临，这是小概率事件，但你只能赌一把。这很辛苦，混不了。

小正当的理由是，你就只想有一份稍高于平均数的收入，比上不足，比下有余，没有其他追求，了却这一生。你安心于某个岗位，同事混，你没意见；同事被提拔，你不嫉妒；没有成就感，你没什么怨气。这种心如古井，波澜不起的境界，混子也忍不了。

一个人钟爱什么行业，最好的做法就是直接进入。想当厨师，就去饭店；想写作，今天开始码字；想经商，小生意做起来。

就像你喜欢一个姑娘，肯定是直接追求她，全心全意地追，追不到，或你的爱意消失，那是另一回事。你不会说，我爱你，但我先去和另一个姑娘混一混，积累一点经验再来追求你。如此行事，两个姑娘都厌恶你。

没有人喜欢混子，混子往往要受到惩罚。混子在公司，会被解雇。混子想占体制的便宜，也没那么容易，体制不缺惩罚能力，又有更强的命令属性，让混子难受，分分钟的事。

在现代社会，一个人一生可能要从事多项工作，角色也会转换，有时是雇员，有时是雇主。在任何一个阶段，努力精进，全情投入，都是最优选择，因为你的品质与能力永远跟着你，你是自己努力的最大受益者。没有什么人不可替代，你提供的服务与商品，别人也有，我为什么偏要找你？就是更喜欢你的品质，更信任你，更喜欢你。而一个人只要起了混的心思，在任何行业，他都不会得到偏爱，只能收获“偏恨”。你的人品才是你的职业护城河。

无论做什么，在任何行业，都还是敬业一点好。我现在不写公文，但我仍然感谢年轻时的自己努力把公文写好。一个人爱文字，自然不允许自己在某一类文字里混，什么文字都要写好，这才不会触怒工作之神。

预知四十五岁的埋伏，
倒推人生的安排

有读者朋友问，是不是四十五岁以后就不好找工作了，让我说说这事。

这是事实，对绝大多数人来说，人过中年，找工作越来越难。我现在出去找工作，也找不到。以为写了几篇文章人家就会给面子？没有的事。换位思考一下，这样的人可能自视甚高，更难管理，雇用他相当于雇用一个大爷。

各个热门城市抢人，都有引进人才的计划，新闻出来时，我都下意识地评估一下自己，毫无例外，连人才的边都沾不上。所以只能当雇主了，自己雇用自己，有余力再雇用一些员工。

从雇主的角度，我希望员工能在我的公司幸福工作一辈子，越老我会越喜欢他们。公司有老员工是好事，说明公司一直能生存，说明大家也都在进步。

但一个人过了四十五岁来应聘，我肯定也不考虑。从观念

到行为模式，他们身上或有不少陋习，当它们影响工作时，你想调整与纠正，事倍功半，甚至不可能，双方都磨合得很痛苦。在这事上，没什么感同身受，你不会因为自己年纪大了不好找工作，就对年纪大的人网开一面，你甚至会更严格，不喜欢中年人的往往是中年人，而不是年轻人。

这怎么办？接受它，就像接受规律，接受游戏规则。在这规则之内玩，越早理解规则、尊重规则，游戏玩得越好。

四十五岁以后不好找工作的规则告诉我们，四十五岁以前的积累更为重要。

只有极少数公认的人才，才可以突破四十五岁限制。注意标准是“公认”，而不是“自认”。四十五岁的人，可能百分之九十都自认为是人才，甚至早早有了与天才匹配的坏脾气，但其实很少符合“公认”的标准。你是院士，你是名教授，你发了重要论文，这些都是公认标准，这样的人四十五岁怎么会找不到工作？人人都在抢你。

成不了这极少数人怎么办？四十五岁时，你要有自己的安全网。

首要的是财务安全。不是财务自由，没几个人能有财务自由，财务安全却是多数人可以追求的。你有住所，住的问题解决了，其他都是小事。所以尽早开始供房，如果此时你已经还了十年房贷，房贷对你来说，已不再是负担。你有了一定的积蓄（体现为极易变现的流动资产），极端情况发生时，比如失业和大萧条，你能撑过几年的低潮。

从财务安全这个要求一步步倒推，之前的人生安排会更清晰：

一、追求教育的效率。追求高等教育挺好，但一定要兼顾工作的时间。如果朝三暮四，拖拖拉拉，甚至龟缩在校园里逃避责任，迟迟没有开始累积工作经验，那就会越来越被动，演变成受教育越多，工作越难找。

二、工作时间早，财务的雪球就可以早点开始滚动。储蓄、投资、买房，都是实践性很强的技能，书上得来终是浅薄，在操作中体验到的忍耐、错误、懊悔、修正，才能变成你的血肉灵魂。这是“干中学”，越早干，学习成本越低。

三、雪球容易化掉，散掉，它的脆弱需要你的好习惯维护。身体健康，控制体重，听从现代医学的建议；拒绝抽烟、酗酒的恶习；当然，更不要碰赌博。这一切好习惯，都可转化成能量储存起来，它不仅仅体现在钱上面，也是你的个人形象及实力。一个靠谱的人，才是行稳致远的人，才是风险低的人。

人是唯一能够理解时间的物种，根据时间做出人生的安排，制定不同阶段的策略，这是人最该做的事，一切随机，那是低等动物。你已经知道四十五岁有个埋伏，这有什么可怕的？避开这埋伏就是了，不知道，没准备，那才可怕。

人为何有造谣的冲动?

有个小朋友要进入媒体行业工作,问我意见。

我开玩笑地说:"第一当然是建议你不要做这行。"

如果真想做,作为曾经的媒体人,我也愿意把对这行的意见说说。

媒体是有天然缺陷的。这点我年轻时并不知道,年纪越大,感触才越深。媒体天性好猎奇,所以它喜欢报道小概率事件,无论好坏,它都要寻找"人咬狗"的极端事例,写大概率的"狗咬人",太平常了,没人看。

为什么有些事会越传越邪门?或者说,为什么人有造谣的冲动?那是因为这样才更具有传播性,谣言具有病毒一样的感染性,真相却没有。

在媒体里体现出来的世界,往往不是真实的,需要读者用概率加以还原,可这又很难,因为情感是天生的,人容易瞬间被生动的细节打动，或被某个词语的情感倾向带偏。但概率判断却是后天习得，若不主动学习，一生也不能掌握这个技能。很多媒体人，本身就缺乏概率常识，往往最后也害了自己，他们经常眼泪汪汪，情绪亢奋，却没有对真实世界的判断。

投资界有句调侃的话：什么叫投资专家？就是那些比普通投资者错得更离谱的人。这句话也适用于媒体人，他们往往比普通人更不了解真实世界。

现在不得不看新闻时，我对那些特别巧妙的、特别激愤的、特别煽情的内容，往往会留个心眼：一是很有可能是假的；二是很有可能只是局部真实，是个小概率事件。你不能说它假，它却可以误导你得出错误结论，这比假新闻的危害更大。

那些以细节描述见长的、感情丰富的文人，如果去报道新闻，那往往是灾难性的。他会不自觉地增加戏剧性，抓取最有冲击力的细节，玩虚构的套路，但他又真诚地以为自己在报道真相。

我强烈建议大学的新闻系增加概率为必修课。写新闻的人，自己先判断一下事件的概率。一条新闻之前，最好有概率警示，比如：我描述的悲惨事件，发生率为万分之一，几乎不可能发生在你身上。

人类社会，离不开新闻，某种意义上，每个人都在报道新闻。

骗我们最多的，往往也是新闻。

想成为一个负责任的人，或者避免被骗，人人都应该学一点概率。当然了，学了概率，愿意进媒体行业的人，会少很多。那也没什么不好的，专心写虚构作品就是了，自欺欺人，自我感动也会少很多。

除了假新闻，各类庞氏骗局，偏方秘术，“听我一个朋友说”式的证明，都是欺负人不懂得概率。所以，学点概率很重要，大学没学，也要自学。

以反风口精神增加定力

几天前，有位读者朋友说，他已工作四年，现在进入了瓶颈期，想改行换个工作。

换工作、改行，都是很正常的事。我自己在三十二岁以前的十二年里，当老师，在检察院写材料，到第一家报社写评论，到第二家报社当记者，换了三座城市，干了三种职业，最后才找到最适合自己的工作，就是别人眼里的没工作，自由职业，开始靠写稿养活自己，而且活得还更体面一点。现在，媒介和世界与近二十年前比，发生了天翻地覆的变化，但我的主要工作还是没有变，就是写稿。

写稿这工作，我做了半辈子，还会做下去。从第一天开始，我就知道，它是个苦力活。尤其是自由职业者，一日不作，一日不食，没有谁养着你。从过去到现在一直如此，将来也不会改变。但我挑中它，正因为它是苦力，是体力与脑力的双重苦力，是苦力中的苦力。别人不愿做的，我来做，人性惯于取巧偷懒，我来做笨活，这样一定会有我一口饭吃，吃得还很踏实。

现在，谈风口的人越来越多，一天一个发财的大机会，再加上社交媒体无限放大诱惑与焦虑。这对人的定力要求更高了，不然，你就会成为风口上的一根干草，天天飘着，以为自己很牛，其实只是学舌了一堆生造的概念，什么价值也没有。正因为我一直干苦力，对这些东西有免疫力，我还用它做反向淘汰，凡是夸夸其谈，一点苦不想吃的，正经事没做过的，说得越动听，越得离远点。

我们寻找适合的工作，要反风口，风吹不走的，才是适合我们的。探索世界、换工作，工作形态可以不停变化，但一个人的工作精神不能变。要把工作做好，总是苦的。抱着不怕吃苦的态度换工作，才能越换越好。如果只是以为别人的工作更轻松、钱更多，总是以逃避吃苦为由换工作，那越换路越窄。就是换到一个所谓的轻闲工作，满足感过去后，你又会苦恼，为什么我没有存在感？为什么没人在乎我？因为你没有努力过。

这一两年，对工作机会要尤其珍惜，因为经济风险加大，工作机会就会变少。以瓶颈期为由嫌弃自己的工作，是常见的幼稚病，因为任何工作都有瓶颈期。有什么工作，是没有瓶颈期，一直往上飞的？那是梦中的工作。

所谓的瓶颈期，就是你一直努力，好像也没有突破，职位仍然如此，薪水仍然如此。可是，一直努力不是应该的吗？这当然不应该理解为任人宰割，不给（少给）你报酬你也认了。你的报酬是否合理，有社会平均工资，有同行可以参考，你很容易判断。其实，报酬如果明显高于你的努力水准，并不是好事，要么这公司很快垮掉，你失去工作，要么你潜在的竞争者太多，也会很快失去工作。感觉自己在瓶颈期一直努力，其实是个不错的感觉，证明努力程度对得起自己的收入，有突破当然好，没突破，被替换的可能性也低。

两个容易被妖魔化的职业

疫情发生以来，两个职业的美誉度上升很快，一是医生，如果没有医护人员，不可能控制住疫情。

二是教师，停课期间，家长们亲身感受到老师对教育的重要性。

遗憾的是，这都是暂时的。民意如流水，今天载舟，明天覆舟。医生与教师是两个最容易被妖魔化的职业。疫情危机解除以后，生活重归常态，人们就会慢慢忘掉他们的重要性。

什么职业，都是正常人居多，医生与教师也一样。我不赞成神化这两个职业，神化了，正常人就不能当正常人，他们就得有超能力，得做正常人做不了的事情，这显然是不可能的事，至少是无法持续的。我更不赞成把他们妖魔化，以为他们就是存心害人的，这对他们不公平。中国的医疗与教育，一点不弱，性价比是一流的，靠妖魔鬼怪，不可能有这样的成就。带有这种偏见的人，对自己也是伤害。你去看病，你的孩子去上学，你都带着一种受迫害的心态，没有信任的基础，没事也能搞出事来，结果怎么可能好。

医生、老师容易被妖魔化，是其职业特色决定的。病人与学生，更多人最后感受到的是失败，与预期有巨大的落差。

病人去医院，想获得健康的身体，可是有些病，花再多钱，也治不好，或者无法根治。人生的终点，往往是在医院。总有某些疾病，比现有的医疗水平领先一步。没有这种常识的人，认定医生能够战胜一切疾病，没把我治好，那肯定是医生的失误和失德。

家长把孩子送进学校，对他的人生预期，往往是上北大清华，之后飞黄腾达。按照这个标准，多数孩子是失败的，能受高等教育的学生总是少数。但是家长们又不想放弃这个高标准，接受义务教育的正常标准：孩子们经过义务教育，脱盲了，对公序良俗有基本的认知，具有一定的自学能力，可以成为一个自食其力的人，就是成功。

一个学业出色的孩子，如愿上了好大学，是几大要素合力促成的。首先最重要的是遗传，天才是天生的；其次是家庭，有爱有知识的家庭，孩子的成才率一定高；最后是老师的作用。而一个孩子学业“不成功”，检讨起来，没有哪个家长会说：我们把孩子生得不够聪明，我们的家庭教育不太给力。找到的原因，基本都是老师不负责任。这种心态，遇上被媒体引爆的个案，马上烈火燎原，上升到了对老师群体的否定，对中国教育的否定。这种思维方式下，没人是赢家。对学校与老师来说，教学目的将改为避免一切可能出现的矛盾，把标准越降越低，不管孩子，没有作业，人人高分，孩子肯定开心，也能满足家长的幻觉。到了大家都追求这种假象时，教育就完蛋了，整个国家也就失去希望了。

没人是神。我们自己不是神，如果是，我们就可以无所不能，不需要医生、老师。医生、老师的责任很大，但他们也是常人，得允许他们犯常人会犯的失误，他们不应承担无限责任。神化与妖魔化他们，都是在不负责任地毁掉他们，到最后，我们不会有好的医生，也没有好的老师。

第一次最容易犯的错误

昨天有位读者留言，说她去年大学毕业，考了两次教师编制，没考上，二战考研，又被淘汰，因而变得无法控制脾气，暴躁易怒爱哭。现在她还在准备第三次教师编制考试。

今年经济压力大，企业招人也更加谨慎，就业形势很不好。在这种情况下，往往公务员、教师这种稳定的工作就显得更加诱人，像上面一样死磕编制的大学毕业生也更多，竞争加剧，二战、三战的人不会少。

参加这种考试，有几种不利因素，事先要考虑好。

一是过度自信。因为自己是大学毕业生，总以为自己能考上，但考不上的人其实是很多的。

二是考得越多就业越难。大学毕业后，一年没工作，雇主并不苛责。两年、三年没工作，年龄优势失去了，学历也没长进，一般就会竞争不过应届毕业的本科生或研究生，他们或在年龄上，或在学历上赢过你。这时候开始形成恶性循环：你更加执着于编制，更加害怕失败，情绪更加无法稳定，落选的可能性也更大。一分钱没赚过，转眼却要吹三十而立的生日蜡烛，人生变得非常尴尬。

一个人大学毕业后，应该追求有工作，而不是追求有完美的工作。工作难找，那应该降低自己的要求，这样找到工作的概率才会加大。因为工作难找，所以我要等更好的工作，这样只会难上加难。

人生有很多第一次，第一次最容易犯的错误就是追求完美，这样你的第一次永远无法开始。

第一次定位在“开始”，你接受自己的笨拙反而一点不难。经济学有条大规律，叫作“干中学”，本事不是想出来的，问题你也无法完全预料，边干边学，自然会趋向于完美。没有什么工作是没前途的，只要你学习能力强，在工作中解决的问题多且快，那么你职业的稳定性提高，收入的增加，得到更多的自信与地位，那是自然而然的事。“干中学”不仅是经济学规律，更是人生规律，指望有了工作就不用再学习，能够一劳永逸，那将会被“干中学”规律惩罚。

其实，教师、公务员在考编者眼中被过度美化了，尤其是公务员。他们相对稳定，被裁员的可能性比企业小。但这要付出相应的代价：一是自由流动性变低，你极有可能在某地某个岗位上待一辈子；二是收入天花板低，公务员与教师，温饱无忧，但没有发财的可能。你不能说，我当了官贪污受贿，就能发财，这并非正道，普通公务员毕竟是多数，贪污受贿的风险也大。

完美症患者，一考上编制，很快又会抱怨收入不够高，升迁不够公平。真要在编制里活，反而需要性格淡定，对“不完美”的接纳度高。你活干得多，本事比别人大，职位与机会不给你，你也得认命。在市场里，工作环境反而更能趋近完美，我有本事，不给我相应的待遇，第二天就可以跳槽。

不要死磕编制，最多花一年时间考，考不上赶紧找工作。在工作中，边干边学，这样一个人的本事与人格，才能慢慢舒展与健全。

你只想着自己，你就会失去自己

昨天有朋友问，企业或公司，怎么可能不设增长目标呢？员工的工资要增长啊。

当然，员工的工资要增长。有自尊心、同理心的老板，还会希望自己的员工比别人家的更高一些。这样人家心情才愉快，好员工也不会流失。克扣员工工资以增加利润的做法，饮鸩止渴而已。这么做的人，没有一个不是猥琐的。

事实上，存在着企业规模上不增长，工资却可以增长的现象，甚至可以说这种现象普遍存在于企业中。比如你家附近传了几代人的小吃店，市场规模不过是街坊邻居，雇员也一直是三五个人。它保持口味，厚道经营，永远不会倒闭，雇员的工资也可以一直增长，养活了不少家庭，很了不起。很多小企业的本质就是社区小吃店，服务好极细分的一块人群，不愁生计。这里的增长，是货币现象。货币逐年增加，在数字上就会体现得“更多”，做同样的事，老板的利润数字增加了，员工的工资数字增加了，实际购买力虽未必增加，却皆大欢喜。这算是心理学的胜利。

所以，只要你的企业能健康地活着，员工的工资自然就可以跟着货币涨潮上升。金本位崩溃后，货币是无限涨潮的。现在所说的"通缩"，是通货膨胀慢一点的意思。理解这点，你就很容易接受我为什么一再建议年轻人能力到了就赶紧在"双增"(经济增长，人口增长)的好城市供套房子，这既是责任感的体现，也是抗通胀的最好办法。房贷长达几十年，有什么可怕的？你在钱"大"时借钱，在钱"小"时还，高兴还来不及呢。不经过学习，得不到这个知识。知识就是财富。

增长是把事情做对了的结果。若设个增长目标倒逼着人急功近利，这是搞反了因果关系。小偷偷到财物，一天身家增长百倍，这是高增长，可它并非健康的经济模式，因为事情做得不对。不少鼠目寸光之人，就陷入这种"小偷困境"中，不守信用，不干实事，总想靠唬人、坑人、骗人增收，以为这样来钱快。这样的人不少，有的还能成为创业导师、风口专家。一时再光鲜，这条邪路也是死路。人要有定力不被这些人影响。年轻人最好从小事、实事做起，知道做事不易，才养得出定力。

把事情做对的唯一方法就是为他人、为社会创造价值。为他人、为社会创造的价值越多，回报越多。这是市场的美妙之处，你只想着自己，就会失去自己，你更多地服务他人，就更能提升自己。一个社会越稳定，市场运行得越顺畅，正反馈越多，这条原则就越凸显。创造价值，把一件事做好，短则三五年，长则半辈子，平台期这么长，怎么可能月月增长？只要是创造价值，现金流与利润活得下去，那就埋头做事好了，增不增长，那是小事，反正该是我的增长，迟早会实现。

职场最重要的是心理建设

常有人抱怨自己的职业“上升通道窄”，产生厌倦感，甚至想改行。

这两种反应，往往都会导致工作质量下降，与同事关系变差，从而更不容易上升。这不是说从事一项工作就必须从一而终，中途不许更改。我找到自己喜欢的工作前，也换了几次跑道，教师、公务员、记者，都试过，觉得自己都还及格，但最后也都放弃了。我算试得多的，你未必要搞得如此麻烦，但人若想发现适合自己的职业，变动一两次，我觉得再正常不过了。

无论怎么换，理由万千条，“上升通道窄”这条理由反而是不成立的。因为上升通道窄是所有职业的共同特征。哪个职业上升通道宽，呈倒金字塔状，越往上领导越多？没这样的职业。抱怨“上升通道窄”就像抱怨人终有一死，毫无意义。用毫无意义的抱怨指导自己的行动，也就失去了行动的意义。

任何一个职业都有让人难以忍受的短板，稳定的职业可能收入低，收入高的职业可能不稳定。有成就感的工作可能很辛苦，轻松的工作可能没有成就感。在职业规划中，你得明确自己最想要什么，得到了，你就应该满足，就应该接受其不利因素。想通这点，抱怨就会变少，心也会安定下来。

永远不要忘了自己选择职业的初心。比如你选择当公务员，那是看中它稳定，社会地位比较高，生活水平至少达到平均。你不能当了几年公务员，就开始抱怨自己没官当，更哀叹自己发不了财。大多数公务员没官当，不很正常吗？官位就那么几个。公务员收入不应低，低了无法吸引人才，但肯定不能发财。公务员发财，尤其是大发财，那民众与国家就要倒大霉。

前几天看到篇新闻，说互联网大厂程序员的悲哀，一失业生活就成问题。看完内容，我差点吐血。这位老兄的现状是可怜，干了十多年程序员，被辞退后不久，连饭钱都没有了。可是他的最后一位雇主，三年来每月付他三万元以上，是他夜夜笙歌，工资月光。他职业生涯的总收入，高过绝大多数公务员的职业总收入，最后被辞退时，也一次性拿到了十八万元赔偿金，但几个月就被他挥霍一空。自己不会管理财务，结论却是工作不够稳定，互联网行业残酷，程序员悲哀？但凡正常一点，都有房、有车、有存款，生活从容了。

有多少职业抱怨是上面这种类型的？我觉得占比很高，吃尽某个职业的红利，却不愿意接受相应的风险或不利，有这种心态的人，给他任何一个工作，他最后都会以抱怨收场。从今以后，再也不要抱怨自己的职业“上升通道窄”了，把你的工作做好，做一辈子职场螺丝钉也正常。工作之外，你有书，有爱好，有爱情，有家庭，有朋友，那里有无限的温暖与精神上的抚慰，工作不能给你的，它们能给。

想当好公务员，必须过两个心理关

公务员一直是中国人最喜欢的职业，国考某种程度上相当于现代版的科举制度，录取率并不高，今年平均六十一人竞争一个岗位。

显然，当公务员有其一目了然的好处。工作稳定，只要不犯严重的错误，一辈子都不会被解雇；社会地位比较高；收入体面，一定能达到当地的中上水平。能同时满足这几个要件的工作并不多。

但是，当公务员的坏处在什么地方？这就没那么容易发现了。这些坏处主要是指心理建设，若这几个心理关不过，那当公务员就是好事变成坏事。我见过不少公务员，到了人生后半段，本事全无，毛病却多，牢骚满腹，神憎鬼厌，既对不起雇主，也对不起家庭。若变成这样行走的负能量，将人生浪费掉，就太可惜了。原本都是聪明人，应该有更美好的一生。

首先要过特权关。其实普通公务员能有什么权力？只是民众觉得你有权力，你也觉得自己有权力，这种“觉得”叠加成再大的幻觉，也不会真变成权力，你还是能量普通的一个人。欲望与现实落差太大，总得不到满足，人必然会变形。向外，可能开始刁难来办事的百姓，脸难看，话难听，自己也很累，不过可衬出地位更高，变相地满足了一点权力欲。向内，则会无休止地抱怨体制，觉得体制亏待了自己，没给个官当当。

真让你如愿，不再是普通公务员，把权力这个改变世界的最大工具放在你手上，你也不会想着造福一方。眼中只有小利，成不了大事。不过是把权力兑换成吃喝嫖赌，声色犬马。如果你的孩子成为这样的公务员，你心里踏实吗？一出事，就坐牢，侥幸不出事，这种生活方式也不健康、不道德、没意义。所以，家风不正，让孩子去当公务员，那就是毁了他，他的仕途顺不顺，人生都低端。自己的孩子是公务员，父母应该替他挡事，不要给他找事，否则就是增加他堕落的可能性。

其次，要知足，要感恩。我的不少公务员朋友，越活越自在，一生很幸福。他们没背景，也不做无底线的事，有些还特别直肠子，但他们都有一个共性，就是善良，珍惜自己的所得，没有贪欲。他们到最后，比起那些歪门邪道的，会搞事的，少得了什么？没有，只有更多。最多少一个官位与级别，当公务员，一辈子奋斗一个处级，顶天了。而处级算什么？真不算什么，就是你自以为算什么，权力也是外在的、是平台给你的，终将被收回。为了它，拿一生的焦虑与虚假去换，而且未必换得到，值得吗？太不值。

当公务员，没人逼你不善良，不真诚，是你自己的欲望逼你。只要你知足、感恩，也只有你知足、感恩，公务员这条路才能走得平安，才能真正获得生活与精神的稳定。

5

爱是什么

人的一生，就是改变的一生，为爱改变，是改变的最大动力。

爱，让你理解无意义的意义

一个人身上发生的所有事都有意义。即使看起来没有意义的事，也有意义。

这个前提告诉我们，在看到别人做无意义之事时，不要焦虑，只要事情做得不过度就行了。

如果我们只允许别人做有意义的事，这个要求反而是疯狂的，极具摧毁性的。

比如疾病，再小的病痛，人都不会想要。但这些病痛，却在提醒我们健康的重要性，我们在得病后的那段时间，更加愿意打理自己的身体。

悲伤与痛苦，谁又喜欢呢？但是没有这种体验，我们无法理解人生，无法理解人类，掌握不了快乐与幸福。

昨天有位姑娘留言，她终于与丈夫就玩游戏一事达成和解：

“现在我不会强求打游戏的对象陪我聊天。或许我不能明白游戏对于男生来说意味着什么，但我觉得我应该在他打游戏的时间练几页毛笔字，这样他玩得快乐我学得也快乐。反正他也就剩下上了一天班回家玩几把游戏的小乐趣了，我不能连这个也阻止吧？连叔，您说对吗？”

玩游戏引发了不少家庭的矛盾，现在电脑游戏与手机游戏被视为大敌，只要一玩，就引起恐慌，以为他的人生要毁灭了。大可不必这么紧张，一个人今天的任务已经完成，工作了，学习了，养家的额度挣足了，玩玩游戏放松一下，是他该得的。我今天这篇文章写好，推送完成，我也会去休息半个小时，无所事事一下，身体和大脑不能老是高效运转。无意义之事，就是起调节作用的。

昨天还有位全职主妇述说了自己的苦恼，她平时喜欢画画、阅读、学英语，但她老公不许，说学这些没用。你看，急功近利起来，别说游戏了，阅读都是没有意义的。

我们对一个成年人的尊重，对自己所爱之人的尊重，就是相信他有自控力，他能够行使自己的自由意志。我们时时监督他，一做“没有意义的事”，就认为他要完蛋了，急于跳出来纠正他。这怎么是爱呢？我喝一杯酒，你就控诉我是在酗酒；我玩几盘游戏，你就害怕我沉迷其中无法自拔；我搓几圈麻将，你就认定我会输光家产。这是无限上纲上线的联想与过分的指责，指责者由于本身缺乏安全感与自控力，太想掌控他人，又没有信任能力，最终失去了爱。

是的，有一些成年人没有自控力，他们总会找到某件事毁灭自己。所以，你恋爱时要擦亮眼睛，淘汰那些没有自控力的人。否则，想成家后再来改造他，是不太可能完成的任务。

爱的交流是多元的，语言只占其一小部分。执手对望，眼冒小星星，这很甜蜜梦幻，但若只有这种交流方式，会显得可笑，也很单调吧。两人下班后，吃完饭，肩并肩坐在沙发上；或背靠背坐着；或你躺着，脚架在我的腿上，我玩几盘游戏，你追一集剧，即便我们做的事都没有意义，一句话也没有说，但却交流了很多很多的爱。

我爱你的我，交换一个你爱我的你

我拥抱你——我的爱人，我的好朋友——这是人类最常见的动作。

可是你仔细分析拥抱这个动作，却会觉得有点不理解，它耗费了能量，将双方的衣服搞皱，甚至动情时将泪水洒在彼此身上，但没有任何物质的、有形的产出，拥抱完的两个人中间，也没多一片面包，多一颗蛋，依然只是空气。

拥抱的产出是无形的。孩子伤心，抱抱他，他的伤心减少，我的担忧也减少；爱人刚好走过身边，一把抱住，她的笑意增加，我的幸福感也增加。拥抱不会产生悲伤，它永远只会带来激励、爱、抚慰、和解。无人可拥抱的人，一丝力气也不会浪费，这才是悲惨的人。

交换拥抱让人变得温暖，拒绝交换拥抱让人变得冷酷。

有形的交换，是我们熟悉的市场，它给我们带来财富。对市场的最好解释就是：一个自愿交换的分工社会。自愿而不分工，则什么事都自己做，耗尽时间精力也做不了几件事，简陋而贫穷；分工而不自愿，人无法从事自己擅长的事，是效率低下的奴隶社会。自愿交换的分工社会，工作越分越细，合作链条上的人越来越多，这不仅能提高效率，增加财富，还保障了和平，增加了宽容，毕竟谁也离不开谁。

无形的交换，也遵守这个规律。爱你的我，交换一个爱我的你。只有把彼此的分内事做好，爱才会像财富一样，越交换越多。

爱一个人，推敲下来，最终似乎并无收益，他将慢慢老去，然后消失。你投入了巨大精力抚养的孩子，绝大多数也只是普通人的命运。为什么这种行为模式代代相传？那是因为其中隐藏着大收益。用养宠物来解释，可能更好理解。你不能指望你的狗你的猫为你养老送终，它们终生是文盲，在智力学识上不可能有作为，你养它，是因为你在它身上感受到了你被需要，你很重要，你是它的唯一。

人当然比猫狗的潜力大得多，交流也更丰富多元，但其中的情感交换差不多，最终的结果是次要的。爱本身，爱的过程，就是回报。孩子努力了，他是学渣，父母也是爱的，因为他努力却没回报，爱得尤其多一点。你和老友拥抱再见，可能之后不会再见，搞不好是此生最后一见，有什么所求？没有，拥抱本身就是目的，我是一个值得你爱的人，谢谢你的接纳与肯定，如此而已。

我的意义，我的爱，在你身上，你接受我，我才有意义。学着去爱人，这并不是虚指，爱被人接受不容易，你要可信，你要踏实，你要有能力，你还要学会拥抱。能够爱人，就证明你有价值。

人有骡命，不为爱受累，就得为不爱受累

克林特·伊斯特伍德的《骡子》上映后，票房惨淡。我和连太都是他的粉丝，非看不可，全城排片极少，为了时间合适的那场，我们横跨了整座城市。

看完当然不会失望，是一部好电影。

这部电影好写感受，因为不存在剧透问题，你知道了所有情节，也不影响它打动你。它是根据真事改编的：一位九十岁的退伍老兵，生活所迫，为贩毒集团运输毒品，当了所谓的“骡子”，因其行事风格自然写意，外表又有欺骗性，警方一直没有发觉。他的运输数量巨大，成为贩毒集团里的“明星”。

伊斯特伍德算是本色出演，1930年出生的他，电影上映时已八十九岁，按中国人的虚岁说，也可以称为九十岁。我喜欢他的原因之一，就是他年纪这么大了还在工作，这是很酷的事。我希望自己将来也能这样。活得很长，却不能工作，那样的人生太

无聊。

这世上有一批老年精英，随着人均寿命不停提升，老艺人、老企业家、老投资家等老劳动者将越来越多，他们凭借自己的才能，在其工作领域依然具有极强的统治力，并且拒绝退出竞争。这本身就是生命的奇迹，是进化的成就。一个人老了，仍在职场，这证明他的价值观或方法论经受住了长期考验，更加珍贵。我们花了太多时间去追逐变化，着迷于新人、新名词和新理念，以为那样才能跟上时代。这路径是错的，我们应该更多关注那些不变的东西，在过去活得越久的东西，在将来的生命越长。

《骡子》表面是警匪片，其实是家庭伦理片，回答了一个永恒的问题：你应该怎样对待家人？男主人公厄尔一生是浪子，宁愿把时间花在游荡、聚会与养花上，也不肯陪伴老婆女儿，甚至完全记不住家庭的重要日子，最后妻离子散，老年凄凉，不得不沦为毒贩的“骡子”。这是混蛋的一生，谁有这样的家人谁倒霉。厄尔在前妻离世前陪伴她度过最后的时间，获得了家人的原谅，这更多是同情他年迈，原谅也能让自己放下心理重负。他对家人一生造成的伤害，无法逆转。

爱是冒险，错爱一个人，受完伤害也很难割舍。正如厄尔前妻的矛盾心理，一边说，你即使变富了，也无法重新得到我们的爱；一边又说，你是我一生的痛，也是我一生的爱，你陪伴着我，我就有了全世界。不负责任的人，往往善于利用这种矛盾心理：一旦你爱过我，为我生儿育女，你就很难抛弃我，即使我是一个混蛋；到我又老又病的时候，同情心又很容易让你原谅我。

何为混蛋？就是在家人最需要他的时候，他消失了，他最需要家人的时候，他又出现了。避免成为一个混蛋，当然应在家人需要时陪伴他们。陪孩子读书，和老婆聊天，挣钱养家，承担责任，这是永恒不变的价值观。时间不会倒流，家人的需要有时效，你错过了，活得再长，成就再大，也无法弥补。要理解这个简单的道理，越早越好。爱与责任有时让你累得像头骡子，你想逃避，和狐朋狗友混更有意思。这种时候，你尤其要知道，人有骡命，不为爱受累，就得为不爱受累。

“我天生如此”是最糟糕的借口

又见面了，近来过得还不错吧？

我过得挺好，符合自己的预期，三天刚好看完自己带的书。假期的一大乐趣，就是有大段时间读书。大多数书，无论是初读，还是重读，三天都够，而且是在不误吃喝玩乐的基础上，不然时间都用来读书，也不太像假期了，凡事有个度，我又不是书呆子。

提到事情的度，就要说说这位朋友的烦恼：

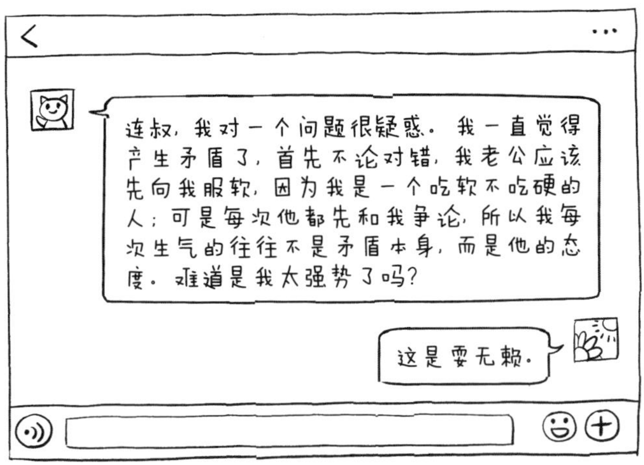

后面还有人追问:“你到底是说谁耍无赖?”这个还用说吗?当然是指这位持有“不论对错,我老公应该先向我服软”立场的老婆。推而广之,任何持有这个立场的老婆,都是在耍无赖。当然,这不能推导出老公就能有这立场,只是,很难碰到老公宣称“不论对错,我老婆应该先向我服软”,即使有些头脑发昏的男人,实际是这么做的,他也不敢当立场来宣扬,他知道这么做是错的,说出来要被舆论笑死。

在恋爱中,总会有这种“耍无赖”时刻,“这次不论对错,你要让着我”,或者“我知道你说得对,但我表面上拒绝承认”,这也可以称之为撒娇,或者索爱。这种时刻,就不要像法庭辩论一样,非得给个结论。没有这种“耍无赖”时刻,恋爱总是少点意思,或者就不是恋爱。有不少爱是通过恰到好处的赌气表达的。听起来很麻烦,但多练几次,熟练了就好办了。

“耍无赖”时刻是双方都有的权利,一个聪明姑娘,心里会算数:他让我三次了,这次无论如何,我得让他。如果“耍无赖”时刻变成一方的特权,那就不再是爱,而是奴役了——你因为爱我,所以我就是你的主人,你要永远服从我,一吵架,服软的就应该是你。这除了容易把爱杀死,还会让总智商下降了。本来相爱的两个人,优势互补,智力汇总,无论是财富,还是幸福度的增加,都是一个人的几倍，而一方总是被迫服软，变成了傻子，纵容了另一个疯子，能成什么事呢？

给人不愉快，甚至伤害人，理由是“我天生如此”，是个很糟糕的习惯。那些说天生吃软不吃硬的人，敢对老板和警察这么说吗？只不过是在心里评估过了，这人我可以欺负，我就硬气了。一个爱你的人，可欺负性反而强，他是最愿意让着你的人。欺负久了，他习惯于毫无反抗，你不仅不感谢他配合，甚至还觉得“这人软不拉耷的，没一点男子气”。可能也确实如此，因为正常的人，是忍受不了你的。也就是说，你如果纵容自己天生的不正常，就只能找到一个不正常的人。

人都有天生的不足，我们天生是文盲，所以要上学；你天生体质羸弱，就要格外注意营养，加强锻炼，变成健康的人。为何“天生总要对方服软”就有理由不改？人的一生，就是改变的一生，为爱改变，是改变的最大动力，是最值得的改变，浪费了这个机会，一生就错过了。

说说包丽事件，必须为爱活着

北大女生包丽的自杀事件，从新闻和一些相关资料来看，其男友的爱情观令人作呕，也确实对包丽有“精神虐待”。

无论我们多么为包丽感到惋惜，一个冷冰冰的事实是，法律不可能仅仅为“精神虐待”惩罚牟林翰，即使北大以某种方式谴责牟林翰，相对于包丽的生命，也都太轻微了。

为爱而死，是永远不能有的选择。

如果你深爱一个人，即使他死了，你也不能为爱而死，因为他一定愿意你活得好，不悲伤。你要听他的，这也是爱的约定，而且，只要你活着，他就活在你的记忆里，你的生命也是他生命的延续。

如果爱情不幸，原本的恋人甚至“精神虐待”你，诅咒你去死，那你更不能死，你的死不会让他悲伤、忏悔，只会满足他邪恶的快感。死无法惩罚你恨的人，只能惩罚那些爱你的人，你的家人、你的朋友。

要记住一点，坏人不会有什么道德压力，他们并不害怕舆论，他们甚至有颠倒黑白、倒打一耙的能力，不然怎么是坏人呢？坏人有蟑螂一样的生命力。好人的生命力要和坏人的一样强，强到研发出“必扑”杀死蟑螂。好人太脆弱，太容易放弃，那就把世界留给了蟑螂。要活得比坏人好，这是好人不可推卸的责任。

爱情只是生命的一部分，没有爱情，人也可以活得精彩。在我们年轻时，陷入热恋，或迷于皮相，或溺于誓言，总以为爱情就是生命的全部，没有爱情人生就不值得活。并不是这样的，失恋了，你只要保持生活节奏，该吃饭吃饭，该睡觉睡觉，该工作工作，三个月后，穿过这个窄洞，世界重新无边无际地展开，里面有无数你潜在的恋人。三个月后仍然有悲伤，那就再过三个月，一定能好。

除了爱情，人还有很多责任。你要用成长回报父母，你要用创造回报师长，你要用丰富、坚韧而美好的一生回报自己，这样，你才能回报这个创造了你的世界。

真正的爱情，当然偶尔也有争吵、有不开心，但它给你的，一定是明亮，是放松，是让你珍惜生命，因为爱让时间过得太快，一百年显得太短。有人以爱之名令你黯淡，令你觉得自己是垃圾，令你觉得活着没意思。他极力想控制你，你每一秒都觉得窒息，那这就不是爱，不要犹豫，要以最快的速度离开。

这世上永远有令人作呕的人，带着令人作呕的观念，那也是他们的自由。一生很长，你总会遇见几个这种人，他们可能一度还和你很亲密，但只要你发现了他们的本质，就要像厌恶蟑螂一样厌恶他们，不要爱他们，不要试图感化他们，更不要奢望他们会为你的不幸而痛苦。他们只会愉快地把你吃掉，恶心一下你的哀悼者，然后寻找下一个脆弱的猎物。不要如此成全坏人，不要如此变成坏人的营养。

你是一个有爱的人，你是一个好人，这意味着，你必须拼尽全力活得好。这是天理，不容违抗。

转变思路，欢度春节

春节是中国人最重视的节日。每当春节将至很多人都会进入准放假状态，人们可以法定地慵懒一点。

春节是不会消失的——写下这句后突然觉得奇怪，为什么想到的是消失？可能是很多人害怕春节，主要是年轻人，春节对他们来说，经济负担重。弟弟妹妹、爷爷奶奶，红包钱省不了，像“胡建”这种红包往来阔绰的地方，负担尤其重。不过，收红包的小朋友是欢天喜地的。

钱倒事小，红包不大，意思一下，也是吉祥如意。主要是年轻人的事业、爱情、婚姻、生育被拿出来全方位审视，人人强行指导。有些父母自己不敢说的，挤眉弄眼让人帮腔，很多傻子也真会帮腔，令人烦躁。

有意思的是，即使你知道春节将面临这一切，你还是会渴望假期，渴望回家见见一年半载没见的家人，或许有压力、有分歧、有争吵，甚至有伤害，最后有人含泪结束假期。只要你确认他们还是爱你，你还是爱他们，春节的地位就还是很重要。

我爱你，就是明知我们可能吵架，我也会抱你。当然，这不是说春节一定要吵架，一定有不开心的事。先预想到这些，就可以降低它们发生的可能性。或者，只要转变一下思路，再发生同样的事情，就不会不愉快了。

社会学大师李景汉先生，说过一件很有意思的事。

社会学需要入户调查，一个陌生人，非亲非故，到别人家问东问西，还记在小本本上，这很难开始。

上个世纪20年代末，李景汉先生开始在定县调查（这次调查耗时七年，为其赢得巨大的学术声誉，这是中国人首次运用现代社会调查方法对一个县域社会进行的实地调查）。

有一次，李先生进入一户农家调查，“那家人为对我表示尊敬，烧水泡茶，并拿出久已不用的茶壶、茶碗，上面积了一层厚厚的灰尘。那家人用一条又脏又黑的毛巾反复擦亮，倒上茶水请我喝”。

李先生此时的心理斗争是：从卫生学的角度看，这杯茶细菌多，不能喝；可从社会学的角度看，不喝就是怠慢别人对你的尊重。社会学调查需要与人打成一片，这杯脏茶不喝，伤人心，失去他人的信任，别人主动与你打成一片，你却融入不了，这调查马上破产。转念一想,这茶就喝得舒服了。

春节的团聚,也需要这样一个角度转变。

从卫生学的角度来看,高频宴饮,过量进食,短期内体重飙升,体脂率、皮下脂肪率、BMI,各指标都趋向不健康,平时身体越好的越慌张。

从自律的角度来看,你规律的生活、工作与健身,被打断。

从现代交往原则来看,你的私事难免多少被暴露、被侵入。你的三观,又过多被扯入争论。

从经济学的角度来看,产出为零。

这些都让人不喜欢春节。

但从社会学的角度来看,我认真吃,我开心地敬你一杯酒,我含笑听你胡扯,我不反击你颠倒的三观,我放松地休息,我为你胖六斤,这一切,都只不过是在说:我在乎你,我爱你。

这样,从爱的角度来看,春节就显得可爱了。

胖几斤,没关系,假期后几轮隔日断食就能烧光多余的脂肪。

运动能力暂时下降,没关系,重新训练后半个月就可恢复。

春节乱点没关系,我可重新安定。

我爱你,我也知道你爱我,那就一切都没关系。

祝你有个愉快的春节。

爱是什么？

爱是什么？

有了清晰的定义，爱才不会错。就像法条规定了严格的边界，法官才能解释你是否守法。

爱不是占有。占有是人的一大追求，占有名表、豪车与美宅，都让人快乐。但人无法被占有，最典型的是父母爱孩子，你最后却要鼓励（或者说忍受）他去爱另一个陌生人，不吃醋，也不心碎。

爱不是沉迷。游戏、赌博、酒精，甚至毒品，都会令人沉迷，甚至可以廉价地提供一个应有尽有的虚幻世界，但它们却毒害人的身心。

爱不是索取。一旦你答应爱我，好像就成了我的奴隶，我的仆人，要助我虚荣，要给我钱花。

但爱又是占有，占有其他一切，财富、才华与荣誉，就为了证明我配得上你，希望你今生都不要离开我。如果有来生，来生我还会努力。

爱也是沉迷。沉迷你的青春，沉迷你的皱纹；沉迷你的肉体，沉迷你的心灵；沉迷到你慢慢渗透我整个人生，沉迷到合二为一。

爱更是索取。给我更多，更多让我更饥饿，我要比更多还多。像大海永远向大河索取。

这不是和是，这既不是也是，让人迷惑，需要爱的定义将它统一起来。

爱是用我的更好让你更好。它是一个没有终点的成长系统。

人容易知足，食品早已过剩，虚情假意也可暂时过瘾。

人容易虚无，毕竟都会死，肉身一瞬，看起来永恒的宇宙，最后也会复归于无。都会清零，不如一直是零。

爱让我远离这一切。

我不再知足，别人有的，我当然能有，别人没有的，我也要能有，因为这样你能过得更好。

爱上你，就没有认输这个选项了。“只要我们相爱，过得差点也行”，这么耻辱的话，怎么可能对你说出口？听到后更不是安慰，想一下都是犯了爱的死罪。

我不再虚无，正因为生命是一瞬间，我们这瞬间的相逢才不容易，它应该注满永恒，正如一段有限的线条，可以隐藏无限的点。

凡是能让我更好的，我都愿意接受。我不再怕烦，不再逃避，我敢决定，我敢竞争，我为你健康，为你聪明。在这过程中，我不是获益最大的吗？我走到了自己的想象力之外，走到蛋壳之外，来到你身边，而你，也经历了这个旅程。幸会。

婚姻最核心的竞争力

常有人问我是否支持婚姻里的财务AA制。

从个人自由的角度，是必须支持的。婚姻本质是让人更好的，如果因为有了婚姻，一个人连掌握自己财务的自由都没有了，那是说不过去的。

婚姻是最小的、最紧密的分工合作组织，两个人的力量大于一个人，这力量的重要组成部分是财力。比如，租一套房子，可以住一个人，也可以住两个人，结合起来，就省下了一份租金。一个人，可能养不起孩子，供不起房子与车子，但两个人就做得到。各自做擅长的工作，不仅做得到，而且生活水准还有大的提升。这就是分工合作的好处。

婚姻的分工合作，比起其他的分工合作，其有利的地方在于，它的信任基础最强，是建立在相爱的基础上，托付一生，生死与共。从这个角度看，太计较就是信任不够，婚姻的基础不稳定。

财务AA制，事事算账平摊，这是效率比较低、信任感比较差的做法。

好的分工合作，是让更擅长管理与投资的那个人掌管财务。有的人霸着家庭的财务大权，今天炒股，明天炒币，后天创业，最后亏得精光，家徒四壁，四壁还是租的。他若早点交出财务权给配偶，婚姻可能就幸福了，因为婚姻测试出了他的短板，也限制住了他短板的发作。当然，这样的人很难交出财务权，可能连AA制都不愿意，他最喜欢的状态是：你负责照顾家庭，我负责亏本。一转眼就苦了你半辈子、一辈子。这就要求你在婚前做足功课，看看你要与之组成家庭的人，是否具有基本的财务能力与自知之明。

基本的财务能力，门槛不高，至少得有一份能达到平均收入的薪水。自知之明，就是踏实，不做一夜暴富的梦，错了能及时修正。两个这样看起来普普通通的人，联合起来，不需要多么高明的技巧，依本能地提高物质生活水平，按部就班解决衣食住行，在这和平繁荣的时期，家庭的财富水平都会很快增长。而没有信任，两个普通人联合不起来，总担心对方亏待自己，事事要AA制，天天在维权，那婚姻自然借不了时代上升之势，更不会有双剑合璧的威力。

爱情与婚姻，追求的是实质正义，而不是程序正义。两个人觉得幸福，这个结果是最重要的。这事我吃点亏，那事你多尽点力；今天我让你，明天我脾气不好，你让着我。具体的事情上，分不出绝对的公平，硬要事事AA制，以为这样才有权利，那婚姻经不起这样的折腾，难免散伙。

爱是最高级别的信任，信任才是婚姻的核心竞争力。你信任我，我则有义务创造幸福生活，相爱的两个人都这么想，则力量惊人。幸福生活的基础，当然是物质。没有物质之根，精神之花易逝。所以，努力工作，供房供车，终身学习，不停进化，都不应被视为负担，而应看作是在兑现自己的承诺，不然，就成骗子了，越会说愿景，话术越高明，则骗术越高明，最后连自己都骗了。

生命与责任

前几天，有大学生考试作弊被抓现行，不久后跳楼自杀。一直有读者让说说这事。

坏事发生以后，人本能地想找一个责任者。人依赖因果律，有结果了，就一定需要一个原因。其实，不少结果是没有原因的，不少问题是无解的。知道这点，可以让自己冷静一点，遇事更镇定。避免社交媒体时代容易产生的坏习惯：一有事情发生，仅凭一些难辨真伪的碎片信息，便争着表态，非常轻浮地论断他人，最后站队争吵，开始说脏话、曝隐私、放谣言。一地鸡毛。

监考老师抓作弊，责任所在，不抓才不正常。作弊的学生理应被批评、被处分，这也毫无争议。不然，没有规矩的学校如何保证正常教学？被处罚，觉得羞愧，没面子，也是正常反应，知耻而后勇。我太知道这种心情了，高中时我在宿舍偷着抽烟，被抓了现行，得到一张处分书大大地贴在墙上，几十年过去了，这事还会被高中朋友们拿出来善意地调笑。

每年被处分的学生很多，有的因此而自杀，这是无法防止的意外。有些学生，可能因为一句批评，一句有歧义的话而自杀，甚至毫无由头就自杀了，有什么办法呢？没有办法。学校只能继续按照规律办学。

孩子没了，家长埋怨学校几句，只要不是胡搅蛮缠，怎么能算指责呢？那只不过是悲伤的一种体现方式罢了。

这类事情的发生，若说对旁观者有什么提醒的话，那就是自杀不是解决问题的方法，自杀只是让自己爱的人过得更难。一个人活得坚强一点，开心一点，幸福一点，不仅仅是为了自己，更是责任感，是为了让那些爱自己的人放心。

不要去伤害自己爱的人。人生只是不停加深对这句话的理解。理解了，当孩子的，就会努力学习，不糊弄父母老师；当父母的，就会关爱陪伴孩子，不嫌弃他笨、他不如别人；当丈夫的，不再觉得买房买车好辛苦；当妻子的，也更能体谅自家男人的不容易。

不伤害自己爱的人，有了这习惯，你也更容易不伤害陌生人。己所不欲，勿施于人。自己被人冤枉，被人议论，不舒服，就不要冤枉、议论别人。季羡林先生说过，年轻时，以为“半部《论语》治天下”是胡说，年纪大了，才知道半部《论语》足够了，甚至不要半部，只要实行“己所不欲，勿施于人”，就行了。

正如特里·伊格尔顿在《人生的意义》中得出的结论，经过现代、后现代一通混乱与迷惑，人生的意义这个大问题，最后复归为日常生活的平常事务，它不是什么令人震惊的启示，而是正直的人都能做的事，不外乎给饿的人食物，给渴的人清水，尽力抚慰伤痛。这些简单的事不容易做到，我们看得更多的，是笑人穷，妒人有，别人得到的全靠运气，我得到的都是靠实力，“双标”满天飞，个个是上帝，以为世界太糟糕，其实不过是自己太糟糕。

爱别人，可能难度太高。但一个人至少可以淡定一点，少点牢骚，不要毁自己，不要毁别人。这样的人，就已经很可爱了。

顾家的人一般不会坏

几天前，看到中央广播电视总台发布的2019—2020年度“中国十大美好生活城市”。评比比较正规，“这项调查联合了国家统计局、中国邮政集团公司、北京大学国家发展研究院共同推出。指标体系由获得感、幸福感、安全感三个一级指标及二十一个二级指标构成。调查方式是通过邮递员入户发放问卷和航空公司飞机上发放问卷，共十三万个样本，这是目前全球大规模的民生感受型调查”。

这十座城市是：上海、长沙、长春、北京、青岛、昆明、济南、海口、深圳、厦门（按首字笔画排名）。

我要议论的倒不是这件事。没上榜的城市，很多也不服气。我是看到其中的一个数据，觉得有趣。这个调查显示，平时休闲在家，50.51%的厦门人最愿意做的事是陪伴家人。开始我很惊讶，厦门人这么不像话？有一半人不是最愿意陪伴家人？结果这是一个好数据，比全国均值高了十七个百分点。

愿意陪伴家人，顾家，这是个好品质。顾家的人一般不会坏。顾家往往带来好结果，比如婚姻稳定，家庭和睦，孩子上进。顾家和能力并无太大关系，一个人很难“没有能力”顾家，顾家是一种选择。运气好、能力大的人，家豪华一点。能力一般的人，家朴素一点。人都会有家，都有家人可让你照顾。内容基本一样，就是大量的陪伴。

有人问，这样的生活，会不会单调了一点？无聊了一点？

前几天有读者问到这个问题：

“连叔，我和老公相恋四年，结婚五年。我们是裸婚，最初两年，我们恩爱如初，一起奋斗，后来有了儿子，慢慢有了房子、车。可是，我却明显感觉到，他不爱我了。

“我们都在医院上班，有个人的职业规划，每天的时间排得满满的，可供自己支配的时间很少。他说，每天按部就班地工作，晚上回家就看书，洗漱睡觉，这不是他想要的。他理想中的生活应该是家里有个牵挂的人，在外有份理想的事业，现在的日子，特别没有意义。”

这家什么都有，老公还不乐意，这是要变心的节奏。难道老婆孩子不值得牵挂？当一个好医生不是理想的事业？

真有事业心，真追求人生意义，稳固的家庭对自己的帮助最大。每天回到属于自己的空间，心情愉悦。在现在这个知识社会, 专业精进离不开大量的阅读, 这事在家做最合适——一举多得, 既陪伴了家人, 又开拓了事业。如此周而复始, 按部就班, 应该理解为幸福美满, 而不是单调无聊。

哲学家康德生活规律得出了名, 据说邻居们用他出门散步的时间调表。我喜欢这样的生活, 当然没必要那么准时。这种按部就班, 其实滋味无穷。每天固定做几件事, 陪伴家人当然是其中之一, 这些都是自己想做的, 有什么生活比这更好?

年轻时未必看得透这点, 就像小孩总是认为可乐比水更好喝。但要幸福, 就需要看透, 而且过程要快一点。不顾家的人追求的"丰富刺激"是什么? 玩, 闹, 大吃大喝, 不外乎这些, 到最后, 天天和固定的几个狐朋狗友, 说着同样的大话猛灌大酒, 其实也是按部就班, 只是不用负责任而已, 可以廉价得到恭维与满足。

生活就只有两种, 一种是不负责任的按部就班, 一种是负责任的。

应早点负责任地按部就班生活, 每天工作, 学习, 陪伴家人, 这其中有无限丰富性。工作无止境, 学习有无穷的思考乐趣, 家的富足, 也可不停升级。

赶快去爱，年轻就是爱的充分理由

几天前，有个朋友留言说，人生进步的一大动力是找个心爱的姑娘。毫无疑问，这是对的。当然，这对女性也同样适用，女为悦己者容，说的就是这回事。爱一个人，不仅只是想在他面前漂漂亮亮的，还想为他活出个更好的人生。

有些颓废的人生观，往往体现为宣布自己不需要爱情。爱情这么难得到，又特别难维护，我要工作挣钱，我要买房买车，赡养老人，哺育孩子，这岂不是要辛苦一生吗？如果我不爱人，也不让人爱我，四海为家，就没有这些后续的烦恼了。这也反证出爱需要能力，能力不足的人，容易逃避爱。

其实，逃避爱并不会让人轻松。一个人，要获得他人尊重，要维持体面生活，甚至有创造的乐趣，都需要展示与增加自己的能力，竞争可能更惨烈一些。毕竟这样，你的爱人更容易接纳你、体谅你。当然，你可以继续说，我什么都不要，不要尊重，不要体面，我当乞丐总行了吧。真能这么彻底, 我无话可说, 你已属于人类的特例, 一般原则对你无用。但你一定要承认低人一等, 你到了这程度, 还认为自己更自由, 更高明, 比别人活得更好, 这种“渴望承认”的焦虑, 其激情相当于爱情, 若得不到满足, 它会杀了你。

逃避型的人, 是少数。在爱情中, 更多人要避免把爱情标准定得太高, 成为“过度进取型”。比如, 不久前, 有位三十岁的姑娘来信说, 她没有恋爱过, 她不是不想恋爱, 而是觉得自己的条件不够好。只要实现了自己的清华北大研究生梦想, 她的条件就够好, 可以追求自己喜欢的人。其实她没想清楚, 一个二十来岁的姑娘, 在恋爱与婚姻的选择权上, 远远高过一个三十多岁的清华北大女研究生。这是基因的通用标准, 更年轻的人, 就是更容易得到爱情。这一点男女皆同, 对女性还更苛刻一些, 男性到了四十岁, 只要有钱, 还是钻石王老五, 但女性的机会就变得极少。谴责这种社会标准毫无意义, 即使人们表面上不说, 内心也还是在坚持这个标准。这不是个人能决定的, 这是基因决定的。

爱遵循通用标准, 包括社会的和基因的, 顺其自然, 效率反而是高的。成年以后, 基因标准唤醒你的爱情渴望, 那就去追求, 去恋爱, 去失败, 再去追求。你那时条件肯定不好, 甚至还没考上大学, 各方面能力都还没有显示出来, 你处于种子状态, 但你最大的优势就是年轻，年轻就是爱的充分理由。

有爱相伴的年轻人，也会得到一份额外的成长助力，你希望自己为Ta变得更好，因为颓废退缩，基本上等同于放弃爱情。而两个相爱的人，也必然会享受那些生活的“苦”，你会努力挣钱，这样才有更好的生活条件；你会追求事业成功，这样社会地位才高。只要我们爱着一个人，为了配得上这份爱而努力，人生就一定不至于差。

你最爱谁，你就和他吃过最多的饭

有人说，不喝酒，不应酬，就办不成事。持有这种观念的人，往往会自我验证，最后身边都是爱喝之人，再也接触不到不喝酒，少应酬也办成事的人。这种人有点地位和权力，别人不喝，不往死里喝，他就觉得被冒犯了，一些恶劣的酒桌风气也随之出现。

亲朋好友、同事之间，聚一聚，想喝酒的喝酒，爱喝的多喝，不能喝的、不想喝的，就不喝，随自己的意。这是非常健康的社交，也是人类社会的必要社交。人与人之间，尤其是相亲相爱的，没有这样的聚会，很难表达自己的感情。一个简单的标准，你最爱谁，你就和他吃过最多饭，喝过最多酒（如果双方都会喝）。

按我的观察，那些认为只有喝酒才能办事的人，并不会有更大的成就，朴实无华的人，往往走得更远。我喝酒很挑人，只偶尔和朋友喝，这个世界也没有为难我，我照样活得好。无论做什么，人应该有这个朴素的信仰：我做成事，是因为我的品格与能力，并非因为我的酒量。丢掉这个信仰，只能说明一个人酒精成瘾，善于自我欺骗而已。天天喝大酒，把脑子和身体喝坏，能做成什么像样的事？

就像下面这位读者的先生一样：

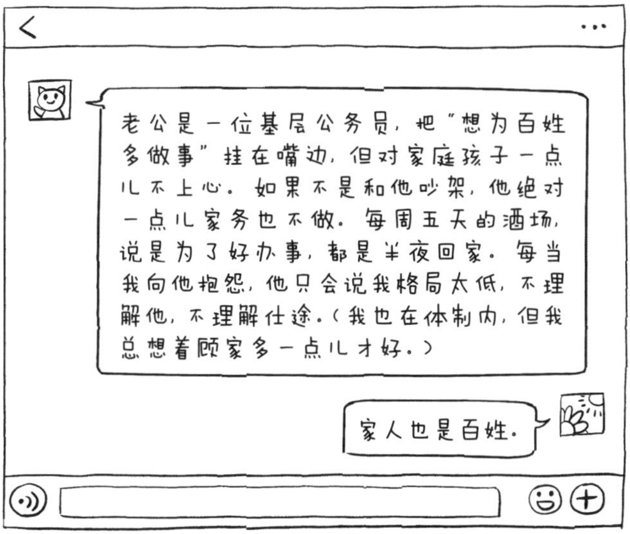

问任何一个老百姓，都不会认可公务员喝酒是为人民服务。这条高尚的理由不成立，不必这样骗自己。

一个人去当公务员，不能忘了初心。最真实的初心，就是因为其稳定，更能够陪伴家人。这和为人民服务并不冲突，认真上班，知道来办事的人民是自己的衣食父母，和颜悦色地接待，我想，人民就很满意了，并不会额外要求你必须喝到半夜。这样的公务员，人民反而不满意。你一个月的工资，两次就喝完了，那些为你买单的人，不就指望你滥用权力来回报吗？

公务员对仕途有期待，人之常情。但也要知道概率，绝大多数公务员，到退休也就是普通公务员。有官当，一生不过也就是科级处级。再大的官，那要运气中的运气，更是和喝酒没有关系。不如平常心，把事情做好，其他的交给概率，反正已经得到一生平静陪伴家人的好处，应该知足。

发了大财，当了大官，最后连陪伴家人的自由都没有，夜夜在外陪人喝酒。这样的财，就是为别人而发，这样的官，不当又有什么可惜的？

幸福的关系需要
“艰难而快乐”的时刻

现在很多稀松平常的东西，比如吃饱穿暖，家用电器齐备，有抽水马桶，轻松得到教育机会，有病能及时赶到医院，从一地迁徙到另一地，女性普遍有工作机会等，它们中的任何一项，都是以前中国人追求终身才可能触摸到的稀缺之物。

现在的孩子很难相信，仅仅四十年前，为了拥有一台电视机，要耗费夫妻俩几年的工资，难度相当于现在存房子的首付。我们现在可能很庆幸，自己的人生不必耗费在追求这些“简陋”的事物上。但这种幸运处理不好，却可能变成不幸。太容易得到满足，人就会失去韧性，稍微碰到有一点点难度的挑战，就会放弃、逃避。

匮乏时代，放弃与逃避的结局可能就是死亡，因而很难放弃与逃避。没有电视机虽然不会死，但你到别人家蹭电视，蹭多了，面子上过不去，不蹭嘛，又很难熬，所以你会为电视机而努力。现在不努力的人，所有基本的享受都不缺，近乎免费的娱乐资源无穷无尽，舒服地混下去，一点都不难。一不小心，就沦落成意志软弱，事事逃避，祸及家人的寄生虫。这是一种另类的“资源诅咒”，生在富足时代，你的人生却更苍白了。

还好，人的欲望是无限的，所以人的追求是无限的。无论是物质还是知识，人永远渴望更多，新一代人的必需品，是上一代人的奢侈品。每一代人，都有“积攒数年，努力获得某物”的时刻，在达到这时刻的过程中，人的忍耐度、规划能力、意志力及责任感，都得到了锻炼。它让你觉得艰难，无法轻轻松松得到，但得到后的快乐记忆，深刻而持久，将长久滋养感情。换言之，若没有这种“艰难而快乐”的经历，即使有暂时的幸福的关系，也无法维持。

这一代年轻人“艰难而快乐”的时刻，体现在买房子上，就像下面这对夫妻：

“连叔，昨天接近凌晨十二点，我和老公订下房子，交了定金。明天去办理购房手续。我和老公结婚十年，这是我们的第一套房。说真的，内心挺激动的。

“昨天我俩从售楼处回来，躺床上，谁都不说话。后来，我问老公困不困？他坐起来，一脸灿烂地说：‘不困哪，心里高兴！’

“其实，我也一样。

“早上，我问他，还高兴不？他又是未语先笑。原来，买房子是一件这么幸福的事。

“现在又看到连叔建议买房的文章（我和老公关注连叔两年了），我觉得我跟连叔好像冥冥中有种默契，这默契让我感动。

“以前我和老公也总是对买房有各种顾虑。今年的某一天，老公对我说，别想太多，咱们买房吧，不然对不起连岳。

“表白我的董先生，表白连叔。”

无论你们辛苦三五年，还是十来年，甚至更长一点时间，你们都必须有这种时刻，这是一个人成熟的时刻，也是感情稳固的标志。

很多年轻人抱怨房子给他们太大压力，妨碍他们享受生活。这是不理解命运的好意，房子的压力是来拯救你的，不经过它的挑战，你理解不了幸福关系，维持不了幸福关系。一个人连真正的生活都不理解，谈何享受？

关于家的两个极端错误，又极端流行的观点

家庭是社会最重要的单元，为自然演化的结果。几乎每个人，都出自一个家庭，也要创建一个家庭，维持一个家庭。把家庭经营得好，是人生的最大挑战之一。

家庭经营得不好，其他方面成就再大，也有大遗憾。

家庭经营得好，世界风雨再大，一生也是幸福的。而且，家庭和睦，几乎可视为一个人能力与品德兼具的标志。我是格外尊敬这些人的。相反，如果一个人利用其优势地位，比如权力与财富，去欺负自己的家人，认为“我乱来，你也没办法”，我视这种行为为败德标志。而最下等的破罐破摔之人，则仗着家人对自己的关爱与不忍，将家庭拖入破产与痛苦的深渊。了解一个人是否值得交往，是否真有价值，他的家庭经营得如何，极具参考价值。

在情感方面，家庭由两部分组成，一是夫妻关系，这点今天不谈。今天想谈的是两代人的关系，或说是亲子关系。我们必然是

某人的孩子，大概率也有某人是我们的孩子。

昨天有位妈妈留言：

"我和老公都是从农村读书读出来的，老公是公务员，我是护士。我们生了一个女儿，一心想好好培养她，除了在学习上对她要求严格了点，她基本是一路快乐成长的。现在二十三岁的她对工作各种不满意，眼高于顶。口口声声说原生家庭给她带来了心理伤害。平时见她心理学的书、文章看得不少，我和老公真是百感交集。"

像这样的孩子不少。我觉得，现在的亲子关系，从一个极端摆到了另一个极端，而两个极端，都是错的。

原来的一个极端，极度压抑孩子，号称"天下无不是的父母"。可是，遗弃、虐待自己孩子的父母，并不罕见，甚至有残杀孩子的。父母无不是的观点，包庇、纵容了那些"不是"的父母。其实，不负责任的父母，更喜欢这种观点，这样不负责任再无心理负担。

现在摆到另一个极端，变得极度压抑父母，号称"父母皆祸害"。孩子但凡有一点要求得不到满足，遇见一点人生该有的压力与痛苦，就不必坚忍，无须努力，拿一篇号称是心理学的文章，指着对父母说，你看，都是原生家庭的错。我今天的"不幸"，我用心理学分析过了，病根在你们小学三年级时骂过我，当时我哭得很伤心。这种极端，伤害的是那些负责任的父母，他们陷入无限的反思与惶恐，在孩子成长史上中挖掘出越来越多的“黑材料”。这么做的孩子，自己也无法受益，有事就甩锅给父母，自己的毛病越来越大。

化解这两个极端，更多得依靠孩子，尤其是成年孩子。即使你父母真是祸害，原生家庭一塌糊涂，你抱怨有什么用？这样的父母怎么会怕你哭泣？他们还抱怨你呢，随手甩来一个“天下无不是的父母”。

不抱怨，走出来，往前看，只有创造自己的人生，才是疗伤止痛的最好办法。只有幸福才能报答幸福，也只有幸福才能终止悲惨。

吃饭吃不出人脉

昨天有位姑娘留言说，她丈夫每个月的工资基本上都用于请客吃饭，拓展人脉。有许多男人的想法和这位丈夫相同，把请客吃饭的作用看得很大，其实这是错的。

中国从来都是宇宙最强的美食帝国，人生免不了请客吃饭，亲朋好友不一起吃吃饭，是不可思议的事。但其中的因果不能倒置，我们是因为相爱与欣赏，才在一起吃个饭，而不是因为喝酒吃饭，才变成好朋友。真的好朋友，就是十年没吃过饭，也是你的好朋友。

为了拓展人脉而吃饭，有百害而无一利。尤其是本来收入就不高的年轻人。

一是身体负担重。长期这么吃，健康必出问题。

二是风险增大。饭局吃到后面多数流于拼酒，喝高了，判断力与道德水准，都向最低的那个人看齐，而最低的那人，向牲口看齐。

三是荒废主业。喝高的人，第二天基本变成废物。在单位混一天，晚上的饭局又开始了。周而复始，你有什么时间与精力去做事，去精进？

四是怠慢家人。老婆孩子难得见到你，你对他们一无所知。这样感情怎么可能融洽？

五是经济危机。那点工资，吃高档一点，一顿就用光了。

你付出了上述种种成本，能认识什么大人物吗？就是偶尔碰见大人物礼貌性地和你碰个杯，他就是你的人脉了？笑话。这种百年一遇的事，了不起让你多个谈资而已。吃来吃去，最后就是几个狐朋狗友搭伙过日子，把工资贡献给大排档，一毛钱都不剩给老婆孩子。

请客吃饭是美好的，与好友把酒言欢，是人生至乐之一。但只要一功利化，一切美好就消失了。而所谓的拓展人脉饭，是功利中的功利。人要有远离功利饭局的能力。自己请人吃饭，不要想着利用别人，好像别人吃了就欠你什么，得供你差遣。现在谁差这点吃的喝的？陪你吃喝才是给你面子。同理，别人请的功利饭，也不要去吃。

人当然需要人脉，人是在与人的连接中产生价值的。别人越需要你，你越有价值。把事情倒回来想就容易理解了，你需要一个人时，你是因为他能力强、人靠谱，还是因为他爱混饭局？所以，你的人脉是由你的能力与品格决定的。而天天混饭局，脑袋清醒的时间减少，品格不说，能力一定是下降的。

吃饭是人生最重要的事情之一，注定要留给最重要的人。不然就是本末倒置。把一天的工作做好，和老婆孩子吃饭，不是可有可无的事，而是责任。你的爱、观念与方法，在天天的餐桌漫谈中，不知不觉就传递给了家人。家人才是你最大的人脉，连家人的需求都不能满足，谁愿意成为你的人脉？

6

不当教育里的野蛮人

和孩子一起学习，一起成长，积累与交流这种经验就是不可替代的教育资源。

要有定力，不当教育里的野蛮人

“如果我监督、管教孩子，将来他就会一直依靠我，没有自律能力。所以，我不监督、不管教是对的。”

这种观念竟然为一些家长所信奉，只要愿意动五秒钟脑子，就会发现它完全不成立，否则，教育就不应该存在。用同样的逻辑，可以得出以下结论：

如果我教孩子吃饭，他将来就不会自己吃饭；

如果我教孩子走路，他将来就不会自己走路；

如果我教孩子说话，他将来就不会自己说话。

老师也可以对这些家长说，如果老师监督管教孩子，让他们学知识，他们将来就会一直依赖老师，没有自我学习能力，所以，老师对你们家的孩子不理不睬，才是对的。这些家长听了，会开心吗？可能火气比谁都更大。也就是说，只要凭本能，他们就能发现这种论述的不合理性，但为什么放在自己身上，就乐于接受呢？

用伟大的历史学家爱德华·吉本的话来说，这就是野蛮人的重要标志。他们任由自己的本性驱使自己；无法约束自己；没有长远目光；动辄为小事发怒，以命相搏；对于马上能够得到的享乐总是无法拒绝。

“不监督管教孩子才是好的，孩子自然会长成优秀的个体。”这种说法能够马上让他们免除劳动，得到享受，野蛮人无法拒绝。

吉本毕竟是二百多年前的学者，那时候说话没有那么多顾忌，他若在当下，估计就无法这么直白了。其实人类的社会结构是比较稳定的，一定存在一部分的野蛮人。人受教育的过程，就是从野蛮人走向文明人的过程。简单的公序良俗，比如不可伤害他人，不可盗窃，要守秩序，要合作共赢，都要经过反复的培训，才能慢慢内化成一个人的品行。

什么是自律？就是克服当下享受的冲动，为实现长远目标训练自己。自律让人看到五年十年后更好的自己。稍微有点价值的东西，都需要自律才能得到。地位、名誉、财富，都不是马上就能得到的。就是供套小房子，你也得吃几年土。有无自律能力就是文明人与野蛮人的分类标准。成功的教育就是一个人获得自律能力，战胜自己的野蛮本性。

父母若有自律能力，那孩子则在这方面具有天然的优势，自己有的东西才能教授，文明人的孩子更容易成为文明人。在同等条件下，教育是最不可能逆袭的。现代教育制度，为无自律能力的父母提供了帮助，学校是专门的教育机构，孩子高质量完成教育，就能得到父母身上没有的品行，包括自律。

但是教育的完成，必须借助纪律、批评及适量的痛苦。不服从管教要被批评，因成绩落后而感到痛苦。剥夺这些手段，只允许孩子快乐，甚至毫无底线地恭维孩子，认为他们最纯洁、最正确，由着他们就好了，那么教育只能宣告失败。教育是双重的痛苦劳动，父母师长是痛苦的，孩子是痛苦的，快乐在长期培训之后才会产生。这是人类教育史上一再强调的本质，对这点没有坚定的认知，被人忽悠去当野蛮人，也就不奇怪了。

永远不要厌倦重申原则

教育其实和恋爱很像。

好的恋爱，今天说了我爱你，明天还要说，用各种比喻说，用花说，用礼物说，用拥抱说，用撒娇说，偶尔还用小小的争吵强化，同一个主题，有无穷变化。

如果你的恋人说，他在某年某月某日说过爱你，态度早就表明，已经足够，此后你就自己体会。没人会同意他的说法。

教育也是如此。你指望和孩子声明一次原则，他从此就理解、遵守并执行。那像只说一次我爱你，就可以得到爱情。最后必然的失败，只能怪自己太偷懒。

原则必须反复和孩子说，用他懂的语言，用他接受的方式，用你的行动，用你的权威，用你的伤心，用你的爱，用你偶尔的绝望，用你又从绝望中恢复的希望，用你的不放弃，用你的成就，用你的人生。

一个成年人，你想想，每天不也是如此自我教育的吗？有一个你要赖、偷懒、言而无信、深陷诱惑，而另一个你要劝说他、警告他、阻止他、惩罚他。大千世界，每天都有大千诱惑，万千思绪，又增加万千诱惑。人在与诱惑的角力中增加力量、远见与坚定的信念。

要理解诱惑的价值。适度的诱惑，剂量逐渐加大的诱惑，到达真实世界的诱惑，这是一个孩子受教育的过程。彻底剥离诱惑，孩子活在真空无菌环境里，他将无法适应世界，没有诱惑，就练不出生命力。

现在家长痛恨手机对孩子的诱惑，希望孩子不接触手机。回想我们小时候，没有手机，但诱惑照样存在，那时候是电视，诱惑力大到连广告都舍不得眨眼。将来的孩子要面对的诱惑，形式又会变化。而且所有时代的孩子，都有恋爱的诱惑。

和孩子一起面对诱惑，慢慢指导他适应诱惑，是教育的大课题。不让孩子接触手机，或者给孩子手机随便玩，都是诱惑教育上的失策。

手机是认识这个世界的操作系统，不让孩子接触，就是刻意绑他的手脚，蒙他的眼睛。孩子的朋友们都有手机，而他没有，他就失去了和同龄人的共同语言，将会被排挤、被冷落。此时，他对手机的渴望将极度放大。他没有手机，思维却被手机控制得最厉害。

而让孩子随便玩手机，指望他自己凭空生出完美自制力，就像让婴儿坐着婴儿车出门独立生活，是对孩子的能力有不切实际的幻想。

自由不是让孩子为所欲为，自由包含遵守约束，比如服从家长的管教；不违反学校的纪律；实现自己许下的诺言，若违反则接受相应处罚。

孩子那么喜欢手机，手机又如此容易控制，其实是这一代教育者的幸运。孩子的手机由父母保管，开机密码由父母设定。完成一天的任务，在父母的视线范围内按约定时间玩，任务完成得好，奖励额外的时间，任务完成得不好，消减若干时间。放手而不失控，自由又有约束，就都结合起来了。

这一过程，当然增加了父母的工作量，孩子在很长一段时间里也会试探、唠叨、埋怨、生气，甚至甜言蜜语，巧舌如簧，指望突破你的底线，动摇你的意志。你需要一再重复自己的原则。

就像你一再说：我爱你。永远不要厌倦。

父母不做真相教育，孩子只能失败

昨天收到一条比较奇葩的留言：

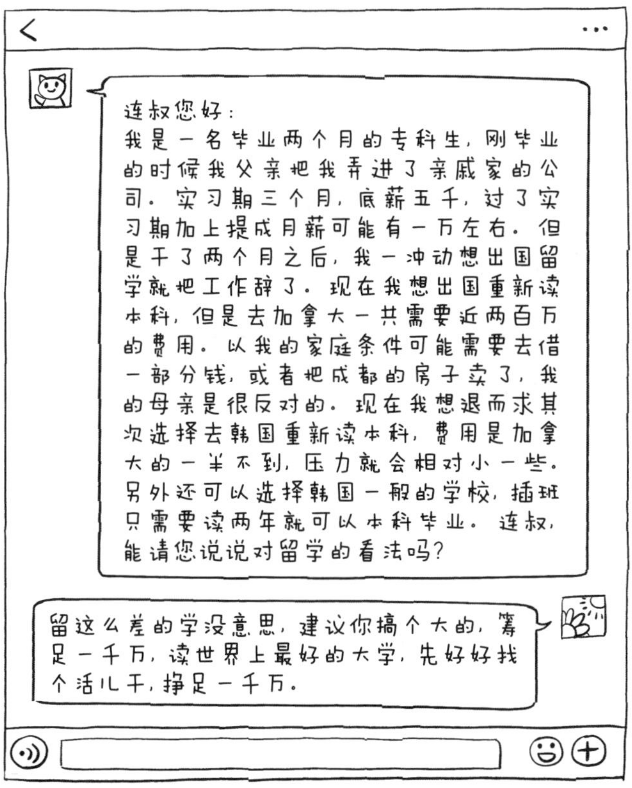

我简单的回答有点玩笑性质。我真实的建议是，这种家伙，父母应该痛骂他一顿，打几下也无妨，赶出家门让他自食其力。只有断了他的后路，他才有成长的可能。不过，养出这种孩子的父母，多半是骂也舍不得，打也舍不得，一味满足孩子的要求，直到被吸干为止。孩子也知道他们的底线是无底线，什么荒唐的要求都敢提。

家庭教育的一个关键点，是真相教育：孩子是父母的一个宝，但却是别人眼里的一根草。只有这根草有生命力、有价值，别人才会多看一眼，给机会。没有这种角色切换，始终认为自己是宝贝，别人应该溺爱自己，最后的处境就是被嫌弃而不自知，无价值却很自大，只剩他的父母悲伤地接纳他，共同谱写一出家庭悲剧。

对考研、留学特别执着的孩子，往往像这位专科生，第一学历很糟糕，HR一看简历就知道，只不过是父母为了不让他们早入社会，花钱让他们再混几年而已。完成真相教育的孩子，有个低起点并没有关系，学历低的人是多数，只要诚信、勤奋、靠谱、肯干、好学，职业之路与人生之路，照样光明。学历的作用是暂时的，品行的作用才是长久的。人最终胜出，靠的是品行，而不是学历。

没有完成真相教育的孩子，学历低就很致命，这让他自卑，老是想用考研或留学包装一下自己，对现有机会反而不珍惜。比如这位专科毕业生，一转正，亲戚就给上万的月薪，已经高过名校毕业生，这里面的很多钱，是给他父亲的面子，也有亲戚对他的鼓励与爱。可是他看不到这些人情世故，一冲动就辞职了，可能还嫌亲戚的公司不够高大上。他的亲戚应该最开心，面子给了，公司将来的隐患也自动消除。否则，这种学历低、品行也低的人混在公司，好高骛远，管又管不了，开也开不掉，那才难办。

完成真相教育的责任在父母，孩子成年了，一定要学会以非父母的眼光看待他：要以雇主的角度看，他是不是好员工；以同事的角度看，他受不受欢迎。这样才能看出他的真实水平。你先把他当一根草看，他才能当好一根草。不然，受一点该有的压力与委屈，就像蜗牛受了惊，躲回父母给的壳里，甚至受到关照，被当花养。他也因为自己的虚荣与懒惰，不愿意接受现实，要逼你卖房子替他镀金。

没有完成真相教育的父母，是失职的，也是自杀式的。你家境一般，孩子恨你能力不够，不能无穷尽地满足他；你家财万贯，留给他，也必然会被败光。一个人没有草一样谦卑而顽强的生存力，配不上好的命运。

今天就和孩子签订一份成长协议

一想到孩子的教育任务繁重，多数人便生出万千愁绪，不知从何抓起。

但任务越重大，起点越要轻微。一点点改变，往往就能改变事物的性质。

有位家长提供了一份简单的成长协议，非常高明，值得推广：

“昨晚跟孩子开会，制定了一下新学期的目标。我说我需要他早起早读，比同学提早半小时到学校，这样我就可以在上班前锻炼四十分钟。他要求我晚上八点半后不能碰手机，还要坚持每天弹琴，不能他一个人为难，大家一起为难。”

初初一看，这没什么稀奇，开学之际，父母都会对孩子提出各种成长要求。这位家长提出的要求比一般家长提的高得多，每天提早半小时到校，这个改变，孩子就算完成度只有一半，也意味着他除了早上比同学更从容，更多一点学习时间，还能更早睡，更早完成作业，效率更高。作息时间的细微调整，将重组一天的时间结构。

但是孩子提出了反制，这也不稀奇，当孩子被批评、被要求时，他们下意识的还击就是：那你自己如何如何。那你自己又做不到！是一句彻底激怒家长的话，羞愧、无能、耻辱、被冒犯、被伤害，一起发作，家长将瞬间失去理智，用强势地位压制孩子的反制，手段可能是物理或语言的暴力，或是各种辩解及转移话题，甚至流着泪说，要不是因为你耽误，我早就如何如何了。

家长的压制当然能成功，孩子依靠你生存，这是他天然的不利。但付出的代价，却是成功教育者两大要件的丧失，一是威信，二是真诚。这两大要件相辅相成，失去其一，另外一个也成立不了。

教育就是不停地讲道理，提要求。教育者本身的品德、能量令人敬佩，他讲道理事半功倍。一个天天玩手机的家长，警告孩子沉迷手机的危害，孩子当然认为你说假话。一个从不阅读，没有深阅读能力的家长，天天唠叨阅读的好处，必然没有任何效果。你只会学舌，他人说法的对错你都无法分辨，将一堆矛盾冲突的观点塞给孩子，他将更加困惑，更无所适从。

家长无法对孩子隐藏自己的真面目，你若不值得尊重，第一个瞧不起你的，就是传承你基因的孩子。一旦你放纵、无能、愚蠢、不负责任，精神上的弑父（母）就在发生。无论你多么花言巧语，教育都失效了。说话的技巧并不是教育的根本，在孩子心目中有威信的父母，怎么说都有效，说话技术好，只是效果更好而已。

上面那位家长，接受了孩子的反要求。有意无意间，迈出了质变的一小步。家长从孩子的要求中，可以发现被自己忽视的缺点，那正是威信正在动摇的地方。同时有了被教育、被监督的弱势身份，在完成计划的过程中，可以体验学习与进步的艰难，不再只是轻松的动动嘴的教育者。和孩子一起学习、一起成长，积累与交流这种经验就是不可替代的教育资源。而孩子突然有了教育者与监督者的强势身份，就像他小时候扮演老虎，他要表现得像只老虎，当他行使教育者与监督者的职责时，他就有了原来没有的视角与想法，这有利于他理解教育者。为了保有这份“权力”，他必须成为一个更好的学习者与履约者。

我建议家长与孩子坐下来谈一谈，有意识地赋予孩子反制权，签订一份合理的、双方认同的一起成长计划，双方互为教育者与被教育者，监督者与被监督者。根据完成度，执行相应的奖罚。我知道，很多家长也有阅读计划、锻炼计划、学习计划，以及各种其他计划，但是因为自律性差，往往虎头蛇尾。有个无情的监督者，尤其他是你的孩子，你不能输，那么，你计划的完成度将大大提升。你的人生，因为有了和孩子一起成长的具体约定与行动，将如“开挂”一般顺利。

今天就订一个成长协议，虽然这对家长的要求更高了，但是一个负责任的家长，是不会怕的。

教育要达到的目标：守规矩，尽全力

我们的教育要达到什么目标？

虽然每个家长都希望自己的孩子考上好大学，甚至是最好的大学，但终究只有一小部分人能够实现这梦想。所以，这不该是教育的最大目标。但孩子一旦入学，是不是要冲着好大学这个目标全力以赴呢？又应该要，否则，怎么知道是否尽力了呢？

在尽力而为的过程中，我们掌握了基本的知识，学会了自我管理、自我激励，有了自我更新与自我学习的能力。就像学写作文，没几个人会成为文学家，可是学会清晰地表述事情，将脑子里的观念与感情，转化成不变形的文字，这种能力却是人生中不可或缺的。

一个人高中毕业，他成了一个"守规矩，尽全力"的人，我想，教育的目的就达到了，即使没有读好大学，甚至没有读大学，他的一生也不会差。世上的多数事情，比考大学容易，没有必须存在的淘汰率，只要“守规矩，尽全力”，这些事情都做得好。很多人的起点很低，但就是在一件小事上“守规矩，尽全力”，不停迭代进化，最后做成了不可思议的大事。往大里说，日本、韩国，包括中国，经济起步的早期，都是生产一些不起眼的廉价品，在别人不愿意做的小东西上“守规矩，尽全力”，从而积累了自己的资本与人才，自然而然地逐渐征服高端领域。

华为公司就是典型的例子，它开始时生产一些边角料，三十多年后，成为技术领先者。相信我，一些三十年后的伟大公司，现在也只不过是无足轻重的小配角，在生存线上挣扎；那个三十年后影响世界的大人物，可能现在正不知所措，苦苦求索，刚叹完一口气，又咬咬牙说，先把这件事做好吧！

一个人不尽全力，必然学会偷懒，偷懒有显性的，有隐性的。显性的是偷工减料，耍奸使滑，这显得不道德，做的人少。绝大多数偷懒是隐性的，体现为劣质勤奋，表面上很忙碌，脑子却停转，拒绝学习新知识新技能，虽然是一台无法升级的机器，没有价值，但他们的自我评价可能不低。一个人进入这种状况，沉沦是一定的，不仅做不好工作，也经营不好财务、情感、家庭和孩子的教育——这些都是智力活。

一个人不守规矩，会给别人带来无尽的麻烦，严重的像最近新闻里报道的那个十三岁的谋杀犯。轻微的就是无法自律，不能自制，制造混乱，总是带来熵增，人们对他的评价是“真是讨厌，早点消失吧”。他去世了，连亲人也会产生所谓的“罪恶的解脱感”，悲伤之中，夹杂着如释重负的感觉。

一些孩子，长成了“不守规矩，不尽力”，应该说，绝大多数是由于父母纵容与失责。当他们大了，体格超过父母，很多父母才着急。不止一次，听这些父母说，要把孩子送去参军，只有军队才能教好他们的孩子。他们也知道，该有的纪律与惩罚，是一个人成长的必经之路。不过，成年了才把锅甩给军队，军队未必担得起这个责。早知如此，何必当初？老师布置一点该有的作业，学校考试体现学生真实能力，你们都哇哇叫，认为一点压力都不能给孩子。教育不严格，一点儿压力都没有，无法完成“守规矩，尽全力”的教育目标，一个人要成长，这课迟早要补。

用真正的富养防“PUA”

北大女生包丽因恋爱不幸自杀，这件事，以及其他所有类似的事件，让很多人想到所谓的“PUA”。

“PUA”，全称为Pick-up Artist，从中性的角度来看，是学习搭讪技术，能和异性开始聊天，才有发展关系的可能。但现在这个概念里增加了更多物化与伤害异性的成分——通过控制异性，让他们变成自己的“宠物”，骗取他们的钱财，甚至有令人发指的“自杀鼓励”。

“PUA”是舶来品，但是，这种控制术在人际关系中一直存在，有花花公子，有骗子，就有“PUA”。许多中国人喜欢的权谋术，也是“PUA”。马基雅维利的《君主论》是经典，主题即为政治层面的“PUA”，君主为了维护权力，必须放下道德束缚，无所不用其极。绝大多数中国人没有读过《君主论》，不过对其观点，不会陌生，历史上，太多的枭雄政客留下了类似的观点与事迹。

换言之，只要人类社会在，就会有各个层面的“PUA”，只要人们离不开沟通与交往，就会有“PUA”，只不过有善恶之分，善良者，用沟通技术传播善良，邪恶者，用沟通技术实现邪恶。卡耐基在其名作《人性的弱点》中强调，我们知道人性的弱点，要用于善良的目的。

这世上总有精通人性的邪恶者，成为黑暗“PUA”者，如何防止我们的孩子成为他们的猎物，这是情感教育的一大主题。

很多父母接受女儿要富养这个观念，我觉得很对。女儿若从小见惯好东西，不匮乏，有眼光，她在物质诱惑上就有抗体，否则，因为一点点好吃好玩的，就上当，人生风险会大很多。

可惜太多人的富养只停留在物质阶段，这做得很不够，效果极其有限。很多姑娘陷入恋爱悲剧，并不是因为贪图物质，高明的黑暗“PUA”者，可以反其道而行之。扮猪吃虎是三十六计之一，哭穷、卖惨、示弱，都是常见的手段。富养的女儿不仅被骗了感情，还倒贴了钱财，这才是黑暗“PUA”者最大的邪恶满足。

所以，更重要的是精神上的富养——一个女孩，生活在不缺爱的家庭，从小见惯好爱情，不匮乏，有眼光，那些味道不对的求爱，对她怎么会有吸引力？只有缺爱的孩子，才会迫不及待地吞噬他人的示爱。如果运气好，遇上好人，可以补上成长的不足，在爱情中成长，而若被黑暗“PUA”者盯上，她可能就要在陷阱里挣扎，有些人失去了逃生的可能，一生再无快乐，严重者甚至失去生命。

如果父母只是视孩子为负担，对他无耐心，只想他一日长成，满足自己的虚荣心，总指望他把别人比下去；甚至经常“鼓励自杀”，把“白养你了”“你去死吧”这类诅咒当成口头禅；持“天下没有不对的父母”“你将来一定要服从父母”等观念——这种从小被“PUA”大的孩子，以后对黑暗“PUA”者怎么可能有警觉？他们只会觉得亲切，如果将对方代入父母的角色，那更会无比顺从。

当父母的，当长辈的，有爱，有责任，有成就，认真生活，就是对孩子最好的保护。孩子敬佩你，以你为榜样；孩子信任你，知道你永远愿意倾听他的疑惑，接受他的软弱，在这种精神富养中长大的孩子，是最安全的，那些黑暗“PUA”者，在他们看来，不过就是滑稽可笑的小流氓，何惧之有？

如何教育普通孩子？

昨天有位父亲留言，讲到了他初一的女儿。可以看出，父亲是个好父亲，孩子是个好孩子，他们互相陪伴着努力成长。但是这位父亲有句话说得不对，而且是观念性的不对，对孩子的成长将是障碍。这种观念很多人也有。他说道："我对女儿的成绩很满意。女儿是个平庸的孩子，不具备研究高深知识的能力，但不意味着就不能精彩地过自己的人生。"

这里所说的平庸，就是统计上所谓的普通、大多数，不是特别聪明，也不是特别笨。虽说是同一个意思，但平庸听起来就有轻微的贬义，普通就是极其中性的词。我们平时说话时，对词语的选择也是学问，可以不停精进。表达同一个意思，有的父母非扎孩子一刀不可，有的则能春风化雨。但这个不是我今天想讲的主题，略过。

用普通置换平庸，将上面那位父亲的话变成"女儿是个普通的孩子，不具备研究高深知识的能力”，用词没问题了，但观念仍然是错的。

不久前，我推荐了蒂莫西·高尔斯的《数学》，这本书最后一部分内容，讲到了求学的系统性，讲到了为何很少看到杰出的女性数学家。这让我想到小时候父母老师经常挂在嘴边的一句话，“女孩子，一直到初中都可以领先，可是学到高中的数理化，她们的智力就跟不上了”。作为一个男孩子，听了这话暗爽，以为自己到了高中，数理化就可以开挂，然而并没有，初中数学渣，高中仍然是。一个错误的观念，并没有让人产生额外的能力，但是相信它的女孩，放弃了学习，高中的数理化可能就真的不行了，错误的观念在破坏性上却有足够的威力。

让蒂莫西·高尔斯来解释这件事，他会说，那是因为数学是一个严密的逻辑自洽体系，环环相扣，某个概念，某个定理，理解不好，后面的课程就更难理解，它像一台精密的机器，一个零件不转，整台机器便不工作。女孩在高中数理化学习上遇上障碍，那是因为这些课程难度陡然增加，理解不了的概念经常出现，逻辑缺失频频产生，一泄气，就再也追不上了。这与性别没有关系，与专注度和韧性有关系，不惧思维之苦，把概念一个个吃透，逻辑捋顺，高中数理化好的女生，一点不比男生少。

在数学专业上，蒂莫西·高尔斯认为，由于女性被家庭、生育打断研究的可能性大，她们一旦中断专业研究，重新恢复的难度非常大，近乎不可能。在数学这个高深的领域，最聪明者并不是最后的领先者，持续聚焦自己时间与精力的最坚忍者更接近成功。

其他学问也是如此，起点普通，未来也是无限的，聪明是正在进行时，它需要一定的物质基础，比如一颗健康的大脑（这个普通孩子有），然后就是后天的学习过程。学习是无穷的，人类的大脑一直都在学习，我们可以借鉴、享用其他人的学习所得；我们大脑的功能也是无穷强大的，它持续学习某件事，理解与创造一点儿也不难。两个无穷共同起作用，任何一个普通孩子，他最终的能力，最终的成就，都难以限量。这是学习的理性乐观主义，也是人生的理性乐观主义。

女孩子不行，普通孩子不行，童年受过创伤的不行，人过了××岁智力就不行，人的命运是注定的……太多有限的、静止的观念充斥我们的话语与观念体系，如果不加甄别地接受，我们就会陷入人生的悲观主义论调，很容易找到借口放弃，不仅学不好数学，研究不了高深学问，也过不好这一生。这又进一步验证了种种“不行理论”，然后把它们当成真理灌输给孩子，一代代祸害下去。

教育需要教育者的持续自我教育。你是陪伴了孩子，自己也挺感动，可是如果你的陪伴是机械的、被动的，你一年读不了几页书，你玩着手机，脑子发木，孩子有疑问，你只会不耐烦地抱怨与责骂。那么无论是价值观还是方法论，你都给不了孩子帮助，甚至还用“你这不行，你那不行”之类的话限制了他。这种低劣的陪伴是没有价值的。

你想教育好孩子，想得到他人尊重，都需要输出价值，要让别人因你而更好。其核心方法就是你要好好生活，好好持续自我教育。这样，在孩子遇到难题时，在孩子快要熄火时，你才有可能和他共渡难关，呵护他心中的火苗。你不是那个率先叹气绝望的人，你是给他更多可能性的人。

生孩子是不是赌博？
去掉赌性长智慧

前几天有读者留言说，生孩子是最大的赌博。

以完美主义的角度，这话有一定道理，要求孩子事事如你所愿，将来成为一个伟大人物，这成功率和中彩票头奖差不多，投入还那么大，当然是赌博。

但是破除完美主义魔咒，事情就不一样了。比如你养一只狗，你从来没有指望它将来在科学、艺术、商业上有什么杰出成就，你知道它必定不会说话，无法赚钱，一生生活无法自理，不能为你养老送终，但你对它从来都是温柔以待。付出这么多的时间金钱成本，你要的回报不过是它依赖你、陪伴你，你也知道它做得到。如果以养狗的心态养孩子，那不是每天都有惊喜？哪会失望。

当然人不是狗，要求自然会高一些。但是你爱孩子，则孩子一定爱你。孩子出生时的默认设置，就是爱父母。只要父母不改变这设置，一直向他传递"我不爱你"或"我不值得你爱"的信号，那么，他将一直爱你，此生不渝。这比养狗容易，孩子的表现，一定比狗更好。成功率这么高，显然不是赌博。

同样的事，调整自己的角度，期望值不过高，心态放松，则世上的爱与乐观就会涌现出来。

对谁都是如此。对自己，要努力，但不要努力到一刻都无法放松，事事一百分，那样最后难免狂躁与压抑。压垮自己之后，事事不及格，过犹不及。

对孩子也是如此，当然要有要求，连狗都要学规矩，孩子也要学，公序良俗能遵守，诚实守信，踏实肯干，安稳幸福地过一生就是大概率。在这基础上，或有天分，或有幸运，或有突破，能到更高的平台，那是命运的赠品，有，不要拒绝，不要浪费，没有，不要强求，不要失望。

对我们经历的事情也应如是观。比如这次疫情可以让很多人长智慧。在之前，对个人对国家，你都习惯高增长，今年赚了一百万，明年非赚一百二十万，只赚九十万就痛苦不堪。听说朋友赚了二百万，那他从此就是仇人，有机会说他坏话一定不会放过，还要添油加醋。现在呢，觉得把工作保住，还有赚钱机会就值得开心。心更静了，目光也变得更长远，这是大收获，在人生接下来的日子，它能持续产生收益。我们的赌性变小了，消失了，更珍惜、更尊重那些慢慢才能做好的笨活、累活。这段时间，一个跑得气喘吁吁的快递小哥，对你的重要性，远远高过一个养尊处优、故作思考状的知识分子，尤其是他思考的结果不过是天天吓你，告诉你中国要崩溃了，世界要完蛋了，他不比一个赌徒更靠谱。

中国不会崩溃，世界也不会完蛋。只要不指望他人包养，肯干苦活累活，你就永远是安全的。

孩子学会求助与父母的可求助性

有两个读者朋友提到的故事，值得讨论一下：

“堂叔的独子二十出头，前年折腾帮人信用卡套现欠下网贷十万，没敢告诉父母。本想自己打工还，一年后发现打工仅够维持自己的开销，进而想通过境外务工还。他被债务人催债，自缢在和他人相约去境外的异乡宾馆里。从此，堂叔堂婶日日开着小货车走街串巷卖小玩意儿，一刻不敢在家多待。亲戚朋友劝说他们趁着身体还好，领养一个女娃，老了好歹有人照应。他们说自己生的孩子都养不好，不敢了。”

写这种事不是为了让你害怕的，它终究是小概率事件，总的来说，人的求生意志总是强的。只是我们要明白，人在成长过程中，总会碰上几个坎儿，要有几次深夜痛哭。为这种事做好准备，小概率事件的发生率就会更小，甚至不可能发生。毕竟，人是观念的产物，有了正确的观念，正确的行动就会随之产生。正如有了正确的防疫观念，人们就会戴口罩，勤洗手。

面对成长可能出现的风险，预先植入好观念就很重要。像下面这位读者朋友提到的“学会求助”：

“去年的3月，公司有个小姑娘忽然自杀（工作上她很有些才华），身边的亲朋好友都陷入震惊。事后我们才得知，当时的她深陷网贷（可能是高利贷）。她是独生女，平时家里对她基本百依百顺，但她却选择对谁都没有说，直到自己无法应对……至今，无论是她父母还是她最亲密的好友仍然对她当时‘为什么不告诉我这件事’无法释怀。她走后，家里还是帮她还清了所有的欠款，但人已经没了，本来再过两个月，她就满二十四岁了。想对她说，孩子，你的路还长，‘学会求助’也是一门必修课，在今后的人生中，你还会遇到各种各样的困难或挫折（如失恋、失业……），不要在乎面子，一定要学会向身边的人求助，为挣扎出泥潭做各种努力。但记得，等你终于‘重获新生’，要回报这些帮助过你的人。”

把事情倒回来想，具有“可求助性”就是好家长的重要特征（也是一切重要人物的重要特征）。成为这样的家长，孩子向你求助的意愿就高，他的安全性将提升。

四点建议：

一、父母根据性格，做好分工。对待孩子，既要防止溺爱，也要避免冷酷。一个稍微偏红脸，一个稍微偏白脸。一个人若严厉，一个人就更多抚慰。当然，这些都应是同一原则的不同表述，而不是互相拆台。常有父母，孩子的问题没解决，他们自己先当场吵成一团，传递出的信号暴烈且矛盾，孩子徒增烦恼，以后也就不再求助了。有意识、有默契做好这分工的父母，并不多，有这分工合作的预案，就领先不少。

二、不要无休止地抱怨与批评世界。每天都有犯错误的人、错误的事，只盯着它们，百分之九十九以上美好的人事就被忽略了。你或说，我批评得很对，我的道理对，我的逻辑对。如果你这么厉害，那就更危险了，在孩子的眼里，犯一点错都会被揪出来上纲上线，他怎么敢因为自己犯的“巨大错误”向你求助？人难免抱怨与批评，但要符合比例原则，你的放松、欣赏与温柔要占百分之九十九以上，这样才能变成一个乐观的人。这样你的孩子才能乐观，乐观的本质就是认为办法总比困难多。

三、认真生活，世俗的成功值得你追求。尽自己所能，得到更多尊敬、更高地位和更富足的生活。总有些文化或有些人，会攻击与否定这点，为你的无所作为提供理论与情绪支持，不要上当，到你一无所有时，他们的嘲笑声最大。世俗的成功是一个人能量的体现，这能量可以帮助他人，尤其是你的孩子，你的能量越大，他越愿意向你求助。父母退缩与边缘化，孩子变坚强的难度更大。就是四大皆空当和尚，也要发愿当大和尚，释迦牟尼放弃一切，但没有放弃修行。

四、给孩子找到备用求助者。这就像诸葛亮事先给三个锦囊，关键时候拆开就有指示。孩子如果需要迂回求助，他知道去找谁，或是家里的长辈，或是父母的某位密友，这种信任关系，在成长过程中，父母要有足够的暗示与明示，与相关者建立默契。迂回求助，可化解尴尬，可过滤焦虑，是很好的人生缓冲。从这个角度看，父母的朋友圈质量高，孩子就更安全。若父母身边都是些狐朋狗友，去哪里找备用求助者？

孩子可能有危险，所以我要更强大；孩子可能要求助，所以我要有“可求助性”，这是典型的共同成长、共同进化。珍惜这个风险提示，它并不是为了吓你，而是为了提升你。

诱惑的价值

不停有家长朋友抱怨孩子管不住自己，沉迷手机，问有什么办法。

孩子沉迷手机，这个问题发现了一定得解决，否则，沉迷只会加剧，越来越难解决。这样的孩子，指望他学业上进步，那是痴人说梦。

手机作为最重要的工具，不可能从世界上消失。它只会日益先进，让人更难离开。这对没有自制力的人来说，是致命的。一个人的时间是有限的，而可供沉迷的内容是无限的，高明的算法之下，一个人只要沉迷手机，手机就有本事把他榨干。

一个人自觉不是那么沉迷手机，但只要他放松警惕，不时在网上遛一遛，时间与精力，不知不觉，也会被吃掉，效率大大下降。睡觉之前，才惊觉一天的计划没有完成，沮丧不已。当然，他第二天就会调整，把工作与学习计划放在第一位，完成之后，再用手机适当放松。这就是自制机制在起作用，有自制力的人不是不会失控，而是发觉失控后，能调整回来。

自制力的获得，是个漫长的过程，它也需要一直维护。就像肌肉的增大与维护一样。诱惑总是试图瓦解自制力，而每抵挡一次诱惑，自制力就增加一些。从这个角度看，一切诱惑，既是自制力的敌人，也是自制力的朋友。没有诱惑，也就没有自制。没有不停的诱惑，人也就分不出高下。

孩子面对的手机诱惑，是成长的新挑战。监督的任务应更多地交给家长。每个孩子身上藏着一部手机，指望老师时时监控，对几十人，不现实，很难完成。这个挑战，让很多家长烦躁，无所适从，道理很简单，就一句话：沉迷手机会毁了你。孩子当然每个字都听得懂，但你扔一部手机给他，他一定先沉迷了再说，什么是毁？他不愁吃不愁穿，完全没有概念。

所谓的教养，就是一边教育一边养育，是从外而内的他律与影响，最后变成自律与输出。认为孩子自己自然就会有教养，自己就能抗拒一切诱惑，给他快乐就行，那不过是迎合无知与偷懒。大概率是高糖垃圾食品的快乐毁掉孩子的健康；娱乐游戏的快乐毁掉孩子的学习；偷懒取巧的快乐毁掉孩子的品质；甚至违法犯罪的快乐毁掉他的自由与生命。

什么叫作监护人？就是未成年孩子的一切行为在你的监督保护之下。当然包括他怎么使用手机。手机由你保管，开机密码你掌握，每天在你监督下使用固定的时长，这样他就不可能沉迷。手机对他就只有好处，没有坏处。这样孩子可能会恨你。不过，教育某种程度上就是暂时招恨的，在几年以后，在他成年以后，他才会慢慢理解这是爱。为了讨好孩子，不敢管教他，这也是一种诱惑，无法抵抗这诱惑，孩子很快就知道你是一个意志软弱，没有原则的人，他耍赖、威胁的本事越练越强，你再也不是他的对手，只好放弃，听天由命。

抵抗诱惑，是教育永恒的内容，逃不了的。成年人，每天不也活在名与利的诱惑之中？借由手机，在与孩子不停的拉锯战中，他长自制力，你也会长，教学相长，至少，你自己不敢沉迷于手机。你每天耐心地言传身教那些简单的道理，孩子很快能够感受到那是一种最深沉的爱。

什么是好作文?

作文约等于语文教育。作文好,语文成绩未必好。但语文好,作文不可能不好。

接受完义务教育,甚至大学教育,写不出像样文章的人,比比皆是。所以说,语文教育是很难的,但是,因为人人都识字,颇有些人看了几篇爽文,就以为自己能够指点语文老师了,这是语文教育最大的不利所在,大家不太尊重语文老师的专业性。数学老师就没有这个烦恼,因为到了小学高年级,家长就知难而退了。

一个负责任的家长,在否定孩子的语文老师之前,先想想自己的作文水平,上一次写文章是在几年前?再想想自己的阅读水平,上次读完一本书,是什么时候?如果都想不太清楚,那建议尊重语文老师的专业性,孩子的语文水平更多得指望老师的教育。当然,这并不是意味着文章好、爱阅读的家长,就可以轻视语文老师,他们更知道语文学习的不容易,只会更尊重专业人士。

语文水平的提高，很难，是漫长的过程。每一位老师，每一本书，不过在接力而已。得尊重这个学习规律。老师点拨一下，读了几本书，语文就好了，这种急功近利的想法不科学。或有针对应试教育的一些小窍门，但作文能力的获得与水平的提升，非一日之功，没有捷径。而且，想要读懂好文章，必须得有阅历，在你勤奋阅读与写作的前提下，不到四十岁，好文章放在你面前，你也欣赏不来。

小学生对好文章的理解，一般就是辞藻华丽、情节曲折、思想深刻。一般人对好文章的理解，也停留在这个阶段。有时候，不值一提的小事，或者小概率的意外，被写作者"深刻思考"起来，非得出惊悚的结论，不批一通中国人的劣根性，不把天写塌下来，誓不罢休。这就是小学生作文后遗症。

好的文章，有几个特点：

首先是准确。无论是写情书，还是写论文，都要不走形地表达出自己的情感或观点。这点是基础，也是最难的。很多人满脑子想法，写不出来，或者写出来完全不是自己想的。大脑像被关了禁闭，起不到作用。所以，准确表达不是为了应付作文考试，而是释放出自己的思维能力。

其次是简洁。一句话能说清楚，不要用两句话。口语能说清楚的，不要掉书袋。简洁美，是文理相通的点，解答数学题，论证步骤少的，总是更美的。啰唆，颠三倒四，点缀再多形容词，都是思维不清晰、沟通效率不高的体现。

前面两点做得到，已是好文章。

最后一点的要求最高，但能否达到，却不是最重要的。那就是所谓的思想深刻。一个时代，思想深刻的，一两人而已。多数人，诚实表达就好了。鲁迅只有一个。小学生作文试卷收上来，个个是鲁迅。一个国家搞文字的人，都自以为是鲁迅转世，一天至少在朋友圈送出十顶国民性大帽子。这不是思想家多，这是神经病多。这种矫揉造作，虚情假意，反而是语文不好，作文差的人最爱玩的套路，或许能拿高分，也能骗点喝彩，但最后害得自己无法诚实，一提笔就要装深沉，深沉是装不来的，于是再也不会写文章了。

我建议家长与孩子经常写写信，至少一个月写一封。有诸多好处：一是总结双方的失误与进步，有话可说；二是文字过滤了情绪，只保留理性与爱，教育效果好；三是家长也温习一下作文有多难，对孩子、对老师，都会更宽容，更有耐心。

作文是小事，阅读才是大事

老有家长说，我的孩子喜欢阅读，但他的作文成绩好像一般。言下之意是，这不白读了吗？

这些家长太心急了。不小心，能把好事急成坏事。孩子爱阅读，或者说，能让孩子爱上阅读，这要么是老天爷的礼物，要么是了不起的引导。阅读的作用，若仅仅是为了作文，那就把阅读的重要性变小了。当不需要考作文以后，持有这种看法的人，就无动力继续阅读了。很多人甚至成为有大学文凭的阅读困难者，没有能力读完一本书。

阅读是比作文更基础、更重要的技能。人类已经进入知识社会，人类的信息总量，每隔七八年，就翻一番，估计以后速度还会加快。知识是无穷的，知识交换以后，双方没有损失，只有收获，一加一大于二。知识的增加，没有天花板，没有限制，可以产生比有形的物质宇宙更宽广的无形宇宙。

芒格说:“我认识的聪明人,没有不爱阅读的。”其实,在知识社会,不阅读,是无法聪明的,很快会被淘汰掉。一个人天资再高,和人类社会的整体创造力比,都可忽略不计。不阅读,是人的自我禁闭,大脑锁死在既有的知识当中,这些知识过时了,被证伪了,却仍然建构着你的操作系统,你最后当然与世界格格不入,怎么可能聪明。

在手机上浏览资讯,不算阅读。这时大脑毫无压力,处于休眠状态,你得到的是一些零星的、碎片的、真假难辨的信息,但你又有获得知识的错觉,忙不迭更新朋友圈,展现自己的知识、正义与爱心。如果你的朋友圈有会阅读的人(一定有几个的),他可能已经摇头叹息,或者早就不看你的更新,或者把你删掉了。

阅读最朴素的定义就是:能把一本书从头到尾看完,无论这书是一百页还是一千页,是小说还是理论。能做到这点,以下几种能力就会逐渐加强:

定力。阅读消耗意志力,无阅读力的人,读几分钟,或走神,或放弃,每本书,读了几页十几页就进行不下去,扔在一边,假装自己读过了。有阅读力,则能不停恢复、注入意志力,控制自己,完成少则几小时,多则几百小时的阅读工程。

时间管理能力。阅读需要一整块时间,也要能够整合碎片时间，瞬间进入主要任务，才能保证持续地完成阅读任务。

解决问题的能力。人生永远都有问题，这是人的幸运，问题引领着我们，解决一个问题就前进一步。不需要解决问题，那是死亡的同义词。有问题了，把相关书籍找来，看看先贤大哲的解法，看看顶尖专家的研究，他们的大脑变成你的大脑。他们有办法，你则不必重新发明轮子，他们都没办法，你也别沮丧，证明你在思考最前沿的问题，多有价值！

甄别好书坏书的能力。世上有很多坏书，你如果让小朋友看了色情、暴力、美化死亡的书，一定会增加他的人生风险。你也能看到有些号称搞文艺的，一辈子在那几本哀哀怨怨、小肚鸡肠的书里打滚，似乎爱读书，但最后连人味儿都读没了。好书让人意志更强、方法更多、心胸更宽、生活更好。坏书则相反。

阅读者有上述诸能力，却未必一定能得到写作能力。一个好的阅读者，没有经过一定量的写作训练，未必能写出好文章。但这并不重要，阅读的主要功能是得到更好的行动力，有更高效的生产力。你的孩子爱阅读，这本身就是值得开心的事，他得到一个好人生的概率大大增加了，作文，那是小事。

对付应试，我有句话可以缓解焦虑

我有句话可以缓解一下家长的焦虑：根据规律来，孩子的应试作文完全可以写好。

焦虑，往往是因为不知道规律。你知道孩子怀孕十个月才生得出来，时间不到，你就不会急。作文也是如此。只是所有人知道生孩子的规律，可能只有百分之五的人知道写作文的规律。

首先，从大的层面来说，要知道应试作文的价值。应试教育，尤其是应试作文，基本已被污名化，人人可以骂两句。可以想见，孩子听到对应试作文经年累月的抱怨、嘲讽、咒骂，他怎么可能想写好它？

学校教育离不开应试。中华文明在漫长的农业文明时代领先全球，一个重要原因就在于通过应试从全社会选拔人才，即所谓的科举。这样精英有机会管理国家，人才的利用率高，社会稳定的时间长。现在的高考、公务员考试，都可以视为现代科举，只是衡量的面更广，要求更高。应试教育有其强大的生命力与合理性，对这点要有足够的理解与尊重，才不会孩子一考不好，就用否定应试教育来安慰自己。努力的方向应该是怎么考好。

应试作文，有其规范。它并不是选拔文学家与思想家，它更多在测试学生对语言的掌握程度，词汇是否丰富，语法是否正确，叙事是否清楚，论述是否合理。它更像体操的规定动作比赛，同样几个固定动作，有人更美，有人拿冠军。

可以说，应试作文是经过训练人人可以过关的考试，大可不必紧张。按照规律来，先把一句话写好，再把一件事说清楚，最后能论述一个观点。能搭好框架，及格有了。再增加一点丰富的细节，或有自己独特的表达，让评分老师眼前一亮，分数就高了。当然，文章不能违背主流价值观。这点有很多人批，甚至上升为“洗脑”，说是扼杀创造力。这也是想当然。主流价值观，公序良俗而已，做人的基本准则，文化的基本认同，本身就是教育的重要内容，用作文表达，也是汇报学习成果的方式。

刚性的语法不会扼杀诗人。应试作文也不会减少孩子的创造力。考完试，你自己可以大写特写，天马行空，想怎么创造就怎么创造。相反，应试作文都写不清楚，标准动作都做不来，创造则未必可信与稳固。

你若是那百分之五的高明家长，能根据孩子的理解力，慢慢为他递进选书，在日常交流中有意引导，孩子的作文，尤其是应试作文，很快可以上手。你若是那另外百分之九十五的家长，甚至文化程度不高，自己不会写作文，也不必太害怕，孩子多花点时间就是了，嘱咐孩子守纪律，听老师指引，根据课程，一点点进阶，最后也能水到渠成，写出规范标准的文章。怕就怕心急火燎，不懂装懂，除了老师的话不信，什么稀奇古怪的教育观点都信。你不正常，把老师也搞得很慌张，不敢管你的孩子，把孩子也搞得很混乱，不知道根据什么标准来。这样倒忙一帮，孩子岂止是不会应试作文，什么都难学会了。

孩子大学毕业时，父母的财务规划应做重大调整

端午假期，遇见一位朋友，聊了聊家常。他儿子今年大学本科毕业，他原本做了数百万的预算，鼓励儿子留学。

儿子却有不同意见，说："我花了这几百万，以后找到的工作，薪水未必更多，那又何必呢？我什么时候才能赚回这几百万？"他否决了父亲的计划，自己找了工作，踏实去上班了。

可以看得出，父亲因为儿子有主见，很开心。确实值得开心，一个人做一件事，懂得用成本分析，这是大进步。大学刚毕业的人，很难有成本意识，毕竟是从来没有赚过钱的人，并不知道钱不好赚。此时订的人生计划，往往不计成本，尤其是求学，具有天然的道德优势：我要得再多，父母也得答应。

孩子的学习，总有第一次。此时，父母应该教会他成本分析，越早知道成本分析，越不会浪费自己的时间与金钱，越不会虚荣。否则的话，很容易成为家庭的财务黑洞，以后人生风险也大，没有

成本意识，就是首富的儿子，也会很快败光财产。

首富只有一个，富豪也不多，多数家庭将孩子培养到大学毕业，已经颇为吃力。此时，父母的财务规划，应该有个大转变，重心应变为考虑自己下半生的财务安全。你们已经五十左右了，收入增长的可能性下降，而医疗、养老的开支却逐渐增加，年纪越大，增加得越快。现在人的寿命朝着一百岁进发了，自己手头没有存一点钱，将迎来凄凉的晚年。到时，都得靠孩子，你可能于心不忍，他可能力有不逮，大家都伤感。

漫长的人生，对有合理规划的人来说，是福。对不会规划，早早耗尽资源的人，却是祸。为了孩子，倾尽所有，不计成本，表面看来是无私的牺牲，其实不是好事，因为孩子无法从你身上学到量力而行。而且，从长远来看，也不是无私。孩子还没赚到一分钱，你就把自己搞得一贫如洗，毫无保障，你将来还是要靠孩子养老。他能力超群，那这个错误就弥补了。他能力一般，处境便很尴尬，不管父母？那不是人，舆论压力也受不了；管呢，又管不起。大家只好简陋地活着，互相埋怨。而大多数人，能力是一般的。所以，人不会合理地规划，毁的是一家几代人的生活。

孩子本科毕业时，父母的财务规划就应该战略性地转为稳健，以不犯错误为主要追求。自己下半生的风险小，就是对孩子的大帮助。

此时，要做到几点：

一、不答应孩子过度的要求。有些孩子不愿意从事最基本的工作，或者觉得自己的本科文凭不够响亮，希望砸重金继续读书。此时家长应坦承实力，表示爱莫能助，不要助长孩子的虚荣与不切实际。

二、保住自己的房子。有房子住，其他生活成本并不高。看起来再美的投资、创业，都不能抵押了房子去冒险，一失败你就再也买不起房子。更不要卖房供孩子读书，他辛辛苦苦读完，房子还得买回来，有时甚至买不回来了。

三、自律。年纪越大，越要在生活上自律。饮食健康，相信科学。健康的、理性的、自立的父母，对孩子的帮助，可能是最大的，多少钱都买不到。

好人生要靠合理规划，不能只靠运气。没有合理规划，有运气也没用。